共同体

COMMUNITY 016

各美其美

美美与共

共同体别传

做书的日子

1982
/
2014

李昕
著

深圳报业集团出版社
SHENZHEN PRESS GROUP PUBLISHING HOUSE

李

昕

1982年毕业于武汉大学中文系。曾担任人民文学出版社社长助理兼编辑室主任，香港三联书店总编辑，生活·读书·新知三联书店总编辑，现已退休。

从事编辑工作33年，是业内知名的出版专家，享受国务院特殊津贴。早年曾被评为首届全国中青年优秀图书编辑，2013年被深圳读书月评选为年度“致敬出版人”。工作之余，从事文学和编辑学研究，系中国作家协会会员，南开大学、河北大学兼职教授，北京印刷学院兼职硕士生导师，有一系列文学研究和编辑学论文以及文学创作散见于报刊，著有《做书：感悟和理念》《清华园里的人生咏叹调》《李敖登陆记》《做书的故事》等。

目录

序言

上篇

中篇

序言

“大战风车”团队里的兄弟

——李昕《做书的日子》序

刘再复

3月间，李昕兄告诉我，他正在写作一部“回忆录”，追忆的是自己的编辑历程，还说写成之后希望我为他的新书作一序文。他的“希望”不带任何“世故”之思，即没想到由我这个海外游子作序会不会带来什么不利影响。我答应作序也不带任何“世故”之念，即完全没想到李昕可是中国一流人文出版社“三联”的“总编”等等。只是想到，我的写作生涯与李昕兄的编辑生涯太密切，太息息相关了，我可以讲讲自己的感受。历史的经验固然值得注意，但自己的经验和感受却最可靠。我的经验和感受告诉我：李昕可真是好编辑呀！

李昕编辑生涯的三个主要段落（在人民文学出版社担任编辑时期，在香港担任三联副总编和总编时期，在北京担任三联副总编和总编时期）都和我关系密切，具体地说，他都支持过我，帮助过我，甚至是“激活”了我。

使用“激活”这个词，绝非故作惊人之语。我可以告诉朋友们：如果不是2002年春的那一天，李昕和舒非（诗人，三联编辑）一起到香港城市大学教师宿舍找我并郑重地向我约稿，我可能不会写出“红楼四书”，也不可能写出《双典批判》等，我“返回古典”并燃烧起书写古典的热情，完全是那一天他们给点燃的。那一天，李昕以香港三联负责人的身份看望我，知道我在城市大学中国文化中心（郑培凯主持）正在讲解《红楼梦》和《三国演义》《水浒传》，就立即做出约稿的决断。他用斩钉截铁的语气对我说：“您的《红楼梦》讲稿，我们可以出版。您什么时候交稿，我们就什么时候进入编辑过程。”他讲得一点也不含糊，一点也不犹豫。其炽热的口吻，其坚定的态度，让我立即感受到信赖与真诚，也感受到鼓舞。不管怎么说，香港三联是有内地官方背景的出版社，我作为一个海外游子，已经多年没有在这种出版机构出过书了。那个瞬间，我完全没想到他如此大胆，如此坦率，如此“毫无畏惧”。在李昕与舒非的“感召”之下，我当时就做出一个重要决定：好，抓紧整理，整理好了就交给你们。大约努力了一年，我终于把《红楼梦悟》整理出来了，舒非作为责任编辑很快就推出《红楼梦悟》。没想到，2004年，李昕兄调到北京三联担任副总编。离开香港前夕，他又告诉我：“《红楼梦悟》，不仅要在香港出，我到北京后，也要在北京出简体版。”这又给我一个意外的惊喜，也使我信心百倍。于是，我又着手写了《共悟红楼》《红楼人30种解读》《红楼哲学笔记》。李昕兄指定曾诚、刘蓉林、徐国强等为责任编辑，于是“红楼四书”就这样在香港与北京先后问世了。见到“四书”的样本，我和许多朋友说：“你知道这套书的第一原动力是谁吗？是李昕！”

李昕在北京主持三联编辑业务的9年（2005—2014）里，我也开始了一段“回归故国”的心事浩茫的历程。从“返回古典”到“返回北京”，这纯属偶然。在这偶然里，有一重要因素，便是一个名为“李昕”的人。因为他，我在三联一鼓作气出了将近20部书，除了“红楼四书”外，还有《贾宝玉论》（李昕退休后在生活书店出版），《李泽厚美学概论》《双典批判》（责任编辑：朱竞梅），《随心集》（责任编辑：朱竞梅），还有由郑勇兄担任责任编辑（后提升为副总编）、由白烨编选的《刘再复散文精编》十卷（《师友纪事》《人性诸相》《世界游思》《槛外评说》《漂泊心绪》《八方序跋》《两地书写》《天涯寄语》《散文诗华》《审美笔记》等），在三联的“敢为天下先”精神的影响下，也由于周青丰兄的推动，福建人民出版社、中信出版社、福建教育出版社也纷纷推出我的旧作与新作共60种左右。几年间，我的名字又重新走上祖国的大地和祖国的心灵，真的“复活”了。所以说李昕兄不仅帮助了我，而且“激活”了我，并非虚言。

其实，在去香港之前李昕在北京的14年（1982—1996），我的文学生涯与李昕的编辑生涯就奇妙地联结上了。他于1982年从武汉大学中文系毕业后便到人民文学出版社工作。到了 1985 年，他也只能算是工作之初。而我刚就任文学研究所所长，也是初弄潮流，很需要国家的金牌出版社支持。那时，我借助手中权力，想做一番打破“苏式教条”的改革事业。一方面，我自己提出两大理论：一是提出“性格组合论”，想以人性论打破阶级论；二是提出《论文学主体性》，想以“主体论”哲学基点取代“反映论”哲学基点。当时我把“苏式教条”当作“大风车”，把自己当作堂吉诃德，真的是想冲撞搏斗一番。没想到，就在那个时刻，我和李昕相逢了。他支持我，要出版我的《论文学主体性》，但篇幅不够，于是，我又选了一些相关的文章，编成一部《文学的反思》。李昕说，此书是“重头戏”，书前要放一张照片。我说，能否放一张我和爱人陈菲亚的合影，她为我抄写稿子很辛苦。李昕满口答应：“没问题！”这张照片让菲亚高兴了好久，说了几遍“小李真不同凡响”。没想到，此书出版后，我的一位师长竟然给出版社提了意见，说“把妻子的照片也放上去，太过分了”。因为这本书，我才知道李昕这位刚出茅庐的年轻编辑非同一般，做事不拘一格。我喜欢这种敢担当、有作为的人才。李昕还有一件事让我感动，就是我在“大战风车”时，主编一套“文艺新学科建设”丛书，也得到他的全力支持。

为了“战胜风车”，我借用各种“武器”，其中包括借用自然科学的新三论（系统论、控制论、信息论）。进而我又在文学所开设一个新的研究室，命名为“新学科研究室”，请我的好友董乃斌和程广林（程麻）当正副主任。新学科室的建立引起了非议。当时副院长汝信提醒我：文艺新学科名字太张扬，有人不赞成。为了证明新学科的合理性与可能性，我策划这套丛书，自己担任主编。在这一“紧要关头”，我请三位出版界朋友帮忙，一是文联出版社的郑荣来兄，二是中国社科出版社的白烨兄，三是人民文学出版社的李昕兄。没想到，李昕兄又是满口答应。他的支持真的鼓舞了我。于是，书一本一本问世。李昕对这套丛书的支持，让我从内心深处把他当作“自己人”。尽管我从未有过“山头”意识和“圈子”意识，但在无意中却真把他当作80年代“大战风车”的同伴，“堂吉诃德傻子王国”里的兄弟了。因此，十几年后在香港重逢，也算是“他乡遇故知”。

在北京和李昕相识时，我只想到他是“青年才俊”，可以助我这个“弄潮儿”一臂之力，并没有想到他以后会是国家出版事业的真脊梁等等，直到他退休，我才恍然悟到，这么年轻，怎么就退休了。那一瞬间我先是意识到自己老了，之后，便意识到，这个李昕真能干。不仅有“识”，而且有“胆”，可谓学胆识兼备，他不仅善于“策划”，而且有“策略”，做事比我稳当多了。不像我那么“堂吉诃德”，那样“老战风车”，也是在那个瞬间，我才意识到，自己已无“话语权力”了。只是今天读了他的《做书的日子》，更明白自己对他的一切感受都没错。他真的默默地做了许多好事，包括出版《胡风评论集》这样的特大好事，为国家为他人默默地做了许多“嫁衣裳”。而我此刻在美国落基山下阅读他的回忆录，除了回应“默默的敬意”之外，什么也没有。

于美国科罗拉多

2017 年 4 月 23 日

大学毕业前夕（1981）

1985 年在清华大学

高贤均（后任人文社副总编，2002 年去世）是我在人文社时期最亲密的合作伙伴（1985）

1991 年 9 月在圣彼得堡

与刘再复合影(2008)

与杨义合影(2012)

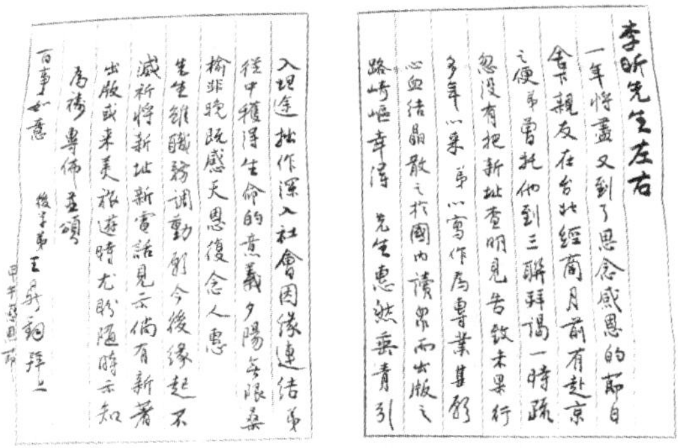

李昕先生左右
一年將盡又到了思念感恩的節日舍下親友在台北經商月前有赴京之便弟曾托他到三聯拜謁一時疏忽沒有把新址查明見告致未果行多年以來弟以寫作為專業其所心血結晶散之於國內讀眾而出版之路崎嶇辛勞 先生惠然垂青引入坦途拙作深入社會因緣連結弟從中獲得生命的意義夕陽無限桑榆非晚既感天恩復念人恩 先生離職務調動則今後緣起不滅祈將新址新電話見示備有新著出版或來美旅遊時尤盼隨時示知為禱 專佈並頌
百事如意
後學弟王鼎鈞拜上
甲午感恩節

| 在李敖的书房里（2013）

| 王鼎钧先生信函（2014）

我与老作家、人民文学出版社老编辑牛汉、何启治（2007）

我与梁凤仪女士（2015）

退休了以后，时间充裕起来，

常常面对自己的书柜，看着自己所编辑的图书遐想。

不知是不是因为老之将至，

脑海里有些记忆总是不断浮现，挥之不去。

或许这就是怀旧心态。

然而，毕竟自己一辈子只选择了一种职业，

从 1982 年大学毕业，到 2014 年退休，

先后在人民文学出版社、

香港三联书店、

北京的生活 · 读书 · 新知三联书店的编辑岗位任职，

直到今天，

仍然被商务印书馆返聘，还是做编辑，

算来已 35 年，

可谓“衣带渐宽终不悔”“一生只为一事来”，

岂能没有些许感慨？

其实，这 35 年中有太多的感动，

太多的留恋，太多的难忘。

我遇到了无数启迪智慧、震撼心灵的图书，

更遇到了无数才华出众、见识超群的人，

这包括我的老中青三代作者，

也包括我在京港两地的领导和同事们。

是这些人，是这些书，成全了我的一个有价值的人生，

令我时时享受着幸福和满足。

上篇

人文社14年

1982
/
1996

一

进入理论组

1982 年 9 月，我大学毕业后被分配到人民文学出版社上班。

人民文学出版社有个规矩，编辑上岗以前要先做校对，算是专项业务培训。我和同来的几个大学毕业生上班的第一天就被送到校对科，跟着一位老校对学习看校样。科里对我们完全按照普通校对要求，诸如每个月要完成多少字数，错误率要达到什么标准等，都要按月考核，公布成绩之后，有奖有罚。这是一种相当严格的训练，一开始我们几乎有一点吃杀威棒的感觉。因为当时校对科里绝大多数同事都是中学毕业的女孩子，而我们是大学中文系毕业，很有些自负的。但是面对校样，没有经过训练的人就是眼睁睁地校不出错误，我们的考核成绩总是偏低，甚至不及格。这使我们懂得，校对也是一种专业能力，而且对于编辑是必须具备的能力。后来我做了编辑，几十年来一直觉得，当初的校对经历，于我是终身受益的，因为编辑和校对其实是两种训练，编辑重点关注的是书的内容，而校对重点关注的是书的文字和格式，没有校对经验的编辑，对于书稿的加工通常会比较粗疏，遗漏很多技术性差错，但做过校对的编辑对书稿的加工处理就会做得比较周到和完善。所以，人民文学出版社规定新入职的编辑必须先做校对，这是一种非常有远见的安排。这项规定他们30多年来一直坚持执行，看来也是从中尝到甜头的。

我做校对大约10个月，然后被分配到当代文学编辑部理论组。那时的出版社，分工非常细致，专业性很强，理论组的工作，就是出版中国当代文艺理论家和评论家的著作。我编的第一套书是《胡风评论集》的三卷本。第二部书是唐弢主编的《中国现代文学史简编》。这一本“简编”可是畅销书，20世纪80年代以后，上过大学中文系的人大都读过这本书，因为它是中国高校文科教材，发行量非常大，累计超过100万册。当然，无论是《胡风评论集》还是《中国现代文学史简编》都不是我组稿策划，而是我到编辑室以后老编辑交给我、安排我做责编的。

但是，我也并不是简单做做案头工作，而是在编辑

《胡风评论集》

中伴随着一些个人思考。编《胡风评论集》，我担心读者不了解20世纪三四十年代中国文艺界思想斗争的背景，读不懂胡风的那些深奥的理论，于是建议胡风写一篇《后记》，对当时的情况做些解释和说明，结果胡风先生一口气写了4.7万字，对自己的文艺思想进行了全面的梳理和总结。尽管当初为了这篇文章是否可以收入书中，社领导闹出不同意见，事实上酿成了一场风波，但是今天看来，这是作为文艺理论家的胡风在政治平反后撰写的唯一一篇为自己辩护的文字，也是他一生中所写的最后一篇论文，其理论价值和史料价值自不待言。

编《中国现代文学史简编》，我则是以非常挑剔的眼光给作者找毛病。我从资料室找来了王瑶、刘绶松、夏志清、司马长风等人的同类著作，边审稿边对比，努力判别这本书稿的价值和特色。由于它是多位作者集体写作的，主编是唐弢先生，副主编也有好几位，文稿多人经手，内中文字便多有重复和不统一之处，甚至有些地方内容不衔接。我几次到唐弢先生家，把问题一一向他提出，他每每十分重视，和蔼客气地告诉我如何修改。看过几段我修改的稿子以后，唐弢先生便对我非常信任。我再提出何处需要加几句话，何处需要改写一段，他竟然会对我说："不用问我了，你改定就可以了。"这使初出茅庐的我受宠若惊，顿时有了几分自信。

第一次就书稿修改问题与作者全面商榷，面对的是上海的一位老教授，他特地从上海飞来北京听我意见。他的书研究中国当代的一位著名作家，写了厚厚的一沓，十几万字，但内容平平，缺少新意，我看了不满意，希望他大改。面谈的那天，人文社理论组的老编辑毛承志坐在旁边一言不发，只是鼓励我大胆讲。但是我不懂得讲话的策略，不会和风细雨地讨论，而是上来就直言不讳阐述自己的看法，劈头盖脸地谈了一大堆问题，结论是，我对作者说："您对这位作家的研究，还没有达到30年前冯雪峰对这位作家研究的水准。"让那位老教授非常尴尬，但他的涵养很好，并不和我争辩，只是一再强调说，自己写作时处理得仓促，考虑有所不周，愿意修改。尽管事后毛承志说我提的意见很专业，"击中要害"了，那位教授也的确吸收我的意见做了大幅修改和调整，最后这本书还是由我做责编出版了，但是若干年后，当我具备了一定的工作经验以后，每每想起此事，我都颇为后悔，觉得自己的做法对那位老教授是一种失礼。我引为教训，意识到与作者交往，言谈举止都要注意分寸。

我开始做选题以后，接触了一些作家和学者。那时我年轻，喜欢出去跑，骑自行车到处去寻访名家。我特别热衷美学，对美学大家格外崇拜，所以那一时期国内最为著名的美学家，例如蔡仪、朱光潜、王朝闻、黄药眠、李泽厚、蒋孔阳、高尔泰等，我都拜访或者联系过，向他们约稿。人文社是个特别讲求规格的地方，动不动就论资排辈，过去只给老一代学者，如周扬、胡风、冯雪峰等出版文学评论集，中青年学者难入法眼。我向一些较为年轻但思想活跃的学者约稿，他们很高兴，像王蒙、刘宾雁和刘再复等中年作家，当时也都已是大名鼎鼎，但在此之前他们出版的著作都是其他类型的书，其第一本文学评论集，王蒙的书名为《创作是一种燃烧》，刘宾雁的书名为《刘宾雁论文学与生活》，刘再复的书名为《文学的反思》，都是在人文社出版，都是由我策划，由我组稿，而且由我担任责编的。我不但给他们出了评论集，而且还都做了平装、精装两种版本，显得格外郑重其事。特别是刘宾雁的一本，直接将他的名字放在书名中，而且封面书名还采用烫金字，这在人文社是破格之举。因为这样的书名格式（××论文学与生活），

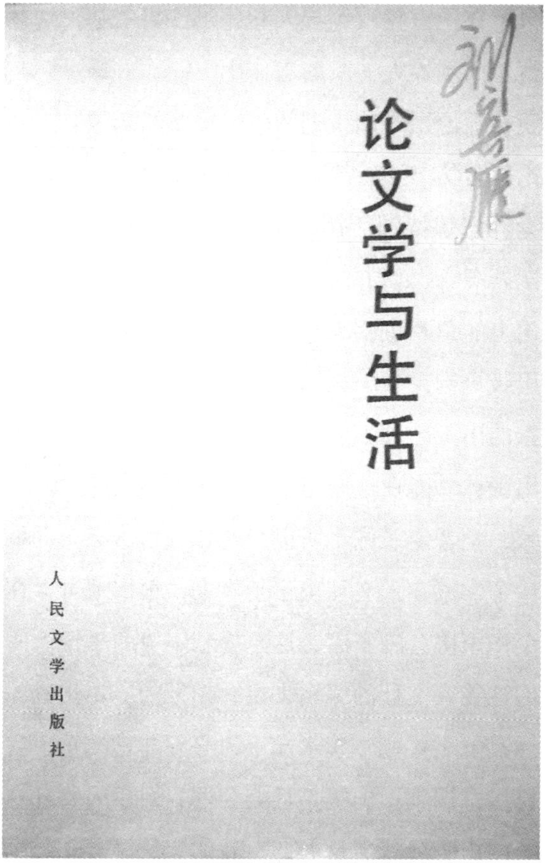

《刘宾雁论文学与生活》是刘宾雁唯一的一本文学评论集

通常只用在国家党政领导人和鲁迅、高尔基、别林斯基、卢那察尔斯基等大文豪的著作中。

我在理论组时期策划的比较重要的选题有一套“百家文论新著丛书”。改革开放和思想解放运动以来，文艺理论界思想特别活跃，20 世纪 80 年代中期，大家都在尝试新观念、新方法、新学科，各种各样的探索很多，但理论上的争鸣也空前激烈，对于人民文学出版社这样一家出版机构来说怎么选择非常重要。因为当时我们整个国家的出版社并不多，人民文学出版社是文学类最高级的出版社，能在这家出版社出一本书实际上就是给这个作家、学者定了位。所以当时普遍是这么一种情况：某省一个作家在人文社出了一本书，很快就可以在那个省当个作家协会副主席，这是屡试不爽的事情。所以对于我们这些人文社的编辑来说，出谁的，不出谁的，如何选择，怎么才能一碗水端平，必须非常慎重。我们当时就已经意识到：出版是社会公器，对于人文社这种代表国家的出版社就更是如此。我的想法是要在鼓励创新、支持探索和前沿性研究的同时继续坚持传统。这样我们编辑的原则应该是既要开放，又要包容，所以我们编辑“百家文论新著丛书”，既强调是新著，又强调是百家。

“百家文论新著丛书”部分图书

不管作者是哪一个学术派别，只要有新探索（包括对传统文艺理论的继续阐发），都可以收录到我们这套丛书里来。这套书后来出了十七八本，包括刘再复的《文学的反思》、金开诚的《文艺心理学概论》、杨匡汉的《诗美的积淀与选择》、何新的《艺术现象的符号——文化学阐释》、李庆西的《文学的当代性》、孙绍振的《美的结构》、高尔泰的《美是自由的象征》、敏泽的《主体性·创新·艺术规律》、周良沛的《诗就是诗》、蒋孔阳的《美学新论》、何国瑞的《艺术生产原理》等等，其中收录了一些彼此尖锐对立、激烈争论的学者的著作，使丛书很有一些百家争鸣的姿态。例如敏泽的著作，在文学主体性问题上，就曾与刘再复的《文学的反思》公开辩论。他们的文章中都有指名道姓批评对方的激愤之词，出版之前，我分别找到这两位作者，请他们把这一类文字删除，但是文章的观点原样保留，使争论保持心平气和。两人的著作出版后，读者的反映不错，因为我们的丛书为读者提供了方便，他们可以很容易地找到两人的分歧，从而进行对比阅读。不过，也有人对这种做法不以为然。在丛书作者内部，就有不同意见。因为一些作者的“左”或“右”的观点在文坛上颇惹争议，另一些作者有时便会质疑我，为什么要把这些人的著作编入丛书？表示自己不屑于与之为伍。我解释说，这样编辑丛书，才是“百家”的真正含义，作为人文社，必须持有这种立场，必须具有这样的气度。

当然，要促进文艺观念更新和理论创新，需要探讨一些边缘性和交叉性的学科理论，那时理论界掀起“三论”（系统论、信息论、控制论）热潮，许多学者在研究中引进这“三论”的观念和方法，一时出现了“新学科热”。我那时对此是相当关注的，常常参加相关学术讨论，也就是在这时认识了刚刚担任社科院文学研究所所长的刘再复。刘非常热情地呼吁和支持学术界拓展中国文学的思维空间，并身体力行，亲自对文艺新学科的建构进行筹划和布局。他找了文学研究所新学科室的研究员董乃斌和程麻，又找到我和中国社会科学出版社的白烨、中国文联出版公司的郑荣来，大家一起研究编辑策划一套“文艺新学科建设丛书”，分别由我、白烨、郑荣来所属的三家出版社出版。由他担任丛书主编，董、程为副主编，我和白、郑忝列常务编委。计划中，这是一套规模很大的丛书，要出版上百个品种，每一本都代表一个边缘、交叉学科，比如我经手的就有杨春时的《艺术符号与解释》、花建的《文艺新学科导论》、杨曾宪的《审美鉴赏系统模型》、林兴宅的《象征论文艺学导论》、杨建民的《艺术感觉论》，潘凯雄与蒋原伦、贺绍俊合著的《文学批评学》等等，其中很多理论建构是具有观念的冲击力的，让人耳目一新，确实可以活跃文艺界的思想，呈现一种百花齐放的态势。但是好景不长，因为 80 年代末期刘再复去了美国，而理论界的“新学科热”也如一阵风飘忽而过，这套书后来难以为继，显得虎头蛇尾。

刘再复的《文学的反思》曾是备受好评的理论著作

二

《中国现代小说史》的出版

我在理论组工作期间，尤其值得一提的是杨义的《中国现代小说史》三卷本。杨义今天已是声名显赫的学者，作为中国社科院学部委员，长期担任中国社科院文学所和少数民族文学所两个所的所长，退下来以后到澳门大学担任讲座教授，写了《中国叙事学》《李杜诗学》《论语还原》《屈子楚辞还原》以及“先秦诸子还原”系列等多种古典文学、文化研究专著。可是他在人文社出版《中国现代小说史》的时候，只是一个三十几岁刚毕业的研究生，而他的成名作就是《中国现代小说史》。

杨义花了大概5年时间写出了这部著作的第一卷，拿到我们这儿来的时候，大家一看全愣了，稿子太厚了，两尺厚一大摞，50万字，而且这只是一套书的第一卷！也就是说，把这三卷写完要写150万字。一个默默无闻的年轻人要到人民文学出版社这样的最高殿堂出一套文学史长篇巨作，是没有先例的。要知道那个时候文学史著作都是大学老教授领着青年教师和学生一起写，以一个人的力量搞这样一本大书在当时是闻所未闻的事情。这当然要慎重对待。老编辑罗君策先把稿子翻阅过一遍，评价很高，可是接着罗就被调走了，稿子便转到我手里。我阅后赞不绝口，又给老编辑毛承志看，他阅后也非常兴奋。于是我们就把这个难题交给社领导，说我们要出这套书。

这样一种态度，等于对作者承诺三卷本都要出。但当时出版社已经处于需要考虑经济效益的时代，这套书作为理论著作出版，赔钱是必定无疑的。我们的主管副总编叫李曙光，他找我去谈了一下，因为我那时候已经是理论组的组长了。他找我谈，说要出可以，但有个条件，得把它变成高等学校文科教材。这是多大的难题啊，我想他将了我一军，当然他也是好意，逼我一下，让我想办法把事情做成。试想，一个三十几岁的学者，初出茅庐，名不见经传的小伙子写出这么一套书，上来就要做高等学校文科教材，谈何容易？但当时我们都是初生牛犊不怕虎。我就以人民文学出版社的名义写了一封推荐信，盖上公章拿着推荐信骑上自行车直接找到国家教

杨义的《中国现代小说史》（三卷本）后被收入“中国文库”

委，在那里见到了国家教委教材中心的工作人员，态度非常好，告诉我光有出版社推荐信不行，还得有专家推荐。我问需要什么样的专家，他说越权威的专家越好。回来后，我就跟杨义商量，找到了唐弢、王士菁、严家炎、樊骏等四位专家，请他们写意见。

这四位专家对杨义都是熟悉的、了解的。他们也都奖掖后进、鼓励新人，对杨义的学术创新给予了积极的肯定。带着他们热情洋溢的推荐意见，我再一次到国家教委教材中心去恳谈。其实虽然事情在努力地做，但我心里没敢抱什么希望，只是怀着死马当活马医的心情。那时，国家机关也不讲求什么关系学，我们没请过一顿饭，没送过一分钱的礼，甚至连一声谢谢也没有说过。等了大概半年的时间，忽然就收到国家教委一份公函，上面盖了大红印章，批准这套书作为高等学校文科教材。要知道，这是150万字的书，我们只给教委看了50万字第一卷的稿，他们就把150万字的三卷本全批准做教材了。这样杨义一下就解决了后顾之忧，从这以后，杨义的学术道路就是一条坦途，以后他再出版任何著作都不困难了，因为有这三卷本的《中国现代小说史》打底子。后来这套书还夺得了第一届国家图书奖的提名奖。到现在杨义已经出版了五六十本学术著作，成了著作等身的学术大家，但是他后来跟我说，如果当初这套《中国现代小说史》不能出版的话，他可能就改行了，中国可能多了一个商人，少了一个学者。确实，杨义呕心沥血写出150万字的大书，如果当时没人出版，他是没办法继续做学问的。

三

参与管理，关注文坛

1986 年，出版社编辑室改组，我做了当代文学第二编辑室副主任，工作范围扩大了。这个编辑室不仅可以编辑文艺理论著作，而且可以出版中国当代诗歌、散文和报告文学，尽管我仍然侧重于文艺理论方面，但是对编辑室的整体管理也是参与的。那时人文社在当代诗歌、散文和报告文学创作方面也在鼎力支持新创作，出过不少有影响的好书，其中最有代表性的就是巴金的《随想录》，共 5 集。

近些年人们搞出版研究，谈到三联总经理范用的胆识和担当，都会举例说，范用有一次去看望巴老，老人谈到自己的《随想录》出版时曾被删节，对此感到不解和痛心。范用当即表示，这部书可以在三联出版，他拍胸脯保证不会删改一个字。这的确是事实，三联后来真的出版了《随想录》，而且未做删改。但是这些研究者并不知道，早在三联于 1987 年 9 月出版《随想录》合订本之前，人民文学出版社已经在1980年6月至1986年12月分5集陆续出版这套书的单行本（每集有一个书名，分别为《随想录》《病中集》《真话集》《探索集》《无题集》），而且同样是一字未改。它的责任编辑就是当时我所在部门的老编辑季涤尘先生，而到上海向巴金老人约稿的，正是人文社当时的社长韦君宜和总编辑屠岸。他们三个人后来写的回忆录都曾提及此事，而季涤尘先生一直保留着巴金先生的很多有关《随想录》的书信，还专门围绕这些书信写过一本书。至于巴老提到书稿曾被删节，指的是《随想录》在中国内地出版之前先在香港报刊连载时的情况，和人民文学出版社的版本也无关的。这件事，由于当时我参与编辑室的工作，可以作为一个见证人。

八九十年代的人民文学出版社，名家云集，编辑阵容十分强大，光是中国作家协会会员就有七八十人，每次选举作协代表大会代表，人文社甚至因为作家太多，可以单独组团选举。编辑中作家多，学术空气自然就浓郁，而且从老社长韦君宜开始就提倡编辑“一手编，一手写”，希望编辑“一专多能”。在这种氛围下，编辑部思想相当活跃，对当前文艺思潮和动态十分关注，也经常举办业务交流活动，就理论界的一些话题展开讨论。我在社里负责文艺理论图书编辑，自然需要更多地跟踪当代文学创作和研究的发展，因为有责任在业务交流中向同事们介绍情况。记得 1986 年人文社召开过一次有关中国当代文学的报告会，社里要我做了题为“当前文学发展的若干动态”的报告，当时的人文社美术编辑室主任、老艺术家张守义先生听了我的报告，立刻就介绍我到美术家协会去做一场同题讲座，我在那里神侃了三个多小时。张守义还找人把我的录音整理成文，在他主持的一本美术家通讯一类的内部杂志上发表。

为了跟踪文艺思想动态，必须多读新书。不仅是新出版的理论著作，像四川人民出版社当时轰动一时的“走向未来丛书”、三联出版的“文化：中国与世界丛书”我都出一本买一本，追读多种，而且那时文坛上每每出现有影响的小说，无论长篇、中篇、短篇，我都是必定要尽快阅读的，读完还要写些读书笔记。我从大学毕业前夕开始发表文学评论，此时一心希望成为文学评论家，写过不少当代小说评论，热衷于参加社里举办的各种作品研讨会，积极参与讨论。记得那时《当代》发表的小说，如张贤亮的《河的子孙》、郑义的《远村》《老井》，我都写过评论。张炜的《古船》发表，我和《当代》编辑洪清波是最早写文章推荐的人，我们两人的文章同时发表在《中国文化报》上，我的文章题为《人性恶的挖掘与历史“合力”的显现》，集中谈论作品在处理当代历史题材方面的突破和创新。后来《当代》为这部作品举办研讨会，我在会上阐述了这篇文章的观点，极受好评。直到去年年底，在中国作协第九次代表大会上，我见到已经30年未曾见面的张炜，他现在已是山东省作协主席、茅盾文学奖获得者。他看到我第一句话就说:我至今记得你当初在《古船》研讨会上的讲话，有个观点是你第一个提出来的呢。

因为我对当代文学作品多少有一点研究，所以有时出版社其他部门（比如主管小说的编辑室和《当代》杂志编辑部）对于一些书稿有争议，社里需要更多的编辑参与讨论，便也会找到我。例如云南的青年作家邓贤，他考察了第二次世界大战期间云南的旧战场，搜集了包括他父亲留下的日记在内的大量史料，以中国远征军赴缅甸作战的经历为题材，创作了纪实文学《大国之魂》。厚厚一部手稿，出自一个从无创作经验的青年作者，涉及的又是一个敏感领域，所写的故事在当时从未有人描述。于是社里争论激烈，反对意见是不由分说，准备直接枪毙选题。这时《当代》编辑部把稿子转给我和小说编辑高贤均。我们两人对作者的大胆突破给予了高度评价，并提出了一些具体修改建议。后来这部作品在人民文学出版社出版并获得“首届青年优秀图书奖”，我们的意见是起了一些作用的。几年后邓贤又根据自己的知青经历，写了报告文学《中国知青梦》，因为描述的知青故事惨烈而震撼,许多史料发人所未发,令人惊心动魄。此书出版之前同样有争论，有人对作者爆料太猛表示担心。我和高贤均看过稿子后再一次力挺邓贤。最后这本书也在人文社顺利出版，并获得“中国报告文学奖”。

四

四位畅销书作家

到了 20 世纪 80 年代后期，出版社开始实行事业单位企业管理，经营压力也就增加了。1989 年 1 月，出版社为了整合编辑资源，激发创新活力，决定打破部门分工限制，成立两个“综合编辑室”，中国文学和外国文学方面各一个。可能社领导班子觉得我有点经营头脑，就把我拉出来，让我组建，以自愿组合的方式组建综合第一编辑室。我找了高贤均做我的搭档，并邀请彭沁阳、王小平等几位骨干编辑加入我们的团队，准备大干一场。当然，这个编辑室是一定要创收的，要取得经济效益。其他编辑室可以没有经济指标和压力，但综合编辑室是要有的，我们要承担这个责任，所以我们必须策划一些畅销书。

我们首先想到的两个畅销书作家，一个是李敖，一个是王鼎钧，后来过了两三年，我们又联络过金庸和梁凤仪，在合作上有的成功，有的不成功，我一个个说一说。

关于李敖先生，事情很凑巧。1988年年底，李敖托人给人民文学出版社捎来大约20本书，都是他在台湾出版的著作。社里把这批书交给我们处理，从此，我就和李敖结下了不解之缘。我和他的合作关系一直保持到今天，接近30年。

我们最先推出的是李敖的《独白下的传统》和《传统下的独白》，时间是1989年3月。这是他杂文的代表作，我把两本书合成一册（定名《独白下的传统》），请资深编辑彭沁阳和我一起做责编。我们在出版时隆重介绍，把李敖那句著名的大话“五十年来和五百年内，中国写白话文的前三名是李敖，李敖，李敖”印在书的封底，又为新华书店印了1万张海报，将李敖和当时在大陆已经声名大噪的柏杨联系在一起宣传，顿时奏效，这本书发行大约20万册。此后，我们趁热打铁，在几年内又陆续出版了《李敖自传与回忆》《北京法源寺》等著作，一共7种，形成“李敖作品系列”。这些作品，本本都有不俗的销量。李敖的杂文随笔，在人文社出版之前，曾经有一两个未经授权的选本在大陆出版，可是并没有形成影响；他的《蒋介石研究》三大卷也有人做了“内部发行”，我本人甚至还专门找来读过。但是李敖著作通过授权正式在中国大陆出版，是在人文社，经我和彭沁阳等几位编辑的手，李敖真正在大陆为人所知，产生轰动效应，也是从这里开始。所以二十多年以后，我回忆起这段往事，还写了一本小书，书名就叫作《李敖登陆记》。

当然，出版李敖著作是需要掌握一些政策尺度的，书稿中总会有一些政策敏感问题需要处理，别人遇到的问题我也同样会遇到。我的办法是用编选来回避删减，李敖那些太敏感的文章我不选，这样避开了一部分问题，而必须编进去的文章，我的做法是一字不改，必要的时候删几个字，尽量不做大段删节。后来李敖的书在中国大陆好多出版社陆陆续续地也都有出版，因为版权是流动的。人文社版权到期以后，这些书的版权转到其他出版社，那些出版社出了书，李敖老是拿人文社的版本去对照，有时候他会打电话给我，问：你们人民文学出版社保留的字句为什么别的出版社会删？我有时候也在帮我们大陆的编辑做解释，告诉他现在有送审制度了，有专家审稿，要严格一些。但有时候李敖提的问题也让我无言以对。比如他有一本书，书名是《坐牢

人民文学出版社 1989 年版《独白下的传统》

家爸爸给女儿的80封信》，这是他教女儿学英语的一本书，原来我在人民文学社出版基本一个字不删，因为确实没什么政治问题。可是大陆有一家出版社在2011年重新出了这本书。李敖打电话来问我，就说："这个编辑怎么回事呢？他删了我16个字。"我问："哪16个字？"李敖说，他抵制国民党教育，所以让女儿上美国去读书，他要女儿"不念三民主义，不受国民党教育的污染"，编辑居然把这16个字给删了。这就让我没法儿解释，我们有的出版社编辑究竟是怎么掌握的标准？这样的内容为什么要删？

2013年12月份，我带着三联的两个编辑到台北去参加书展，顺道到李敖家里去坐坐，李敖把我们带到了他书房的一角，用手一指说"你看那些书"。我一看，原来是他的十来本著作，一字摆开，全是我给他编的，包括我在人文社和后来在香港为他出版的图书。他摆在那里让我们欣赏，当时把我带去的两个编辑吓一跳，他们没有想到我过去曾经给李敖编过这么多书。

李敖对我是很信任的。我去香港工作以后，他的著作转到友谊出版公司，在那里出版了40本一套的大全集。其实，他的著作还有一些尚未在大陆出版，若是全出，大全集应该有 80 本。就是 2013 年这次见到李敖，他曾和我商谈，因为他和友谊出版公司的合作已经结束了，他准备把他的全部著作交给我所在的三联书店，用生活书店的品牌出版。可惜我很快就退休了，这项合作未能开展，对他对我都是一个遗憾。

再说王鼎钧先生。1989 年我和高贤均就读到了王鼎钧的《开放的人生》《我们现代人》《人生试金石》（合称“人生三书”）和《作文七巧》《作文十九问》（合称“作文两书”），非常喜欢。拿“人生三书”来说，书中的一篇篇文章充满人生感悟，启迪人生智慧。我知道这些作品在台湾风靡一时，其影响力绝不下于龙应台的散文。王鼎钧人称“鼎公”，在台湾文坛备受推崇和敬重，当时有一个说法，叫作“凡有井水处，即有鼎公书”。这些作品如果介绍给大陆读者，注定也是备受欢迎的。但是，鼎公的作品，由于是写给青年人看的，不仅文章篇幅短小，而且每一本都很薄，而当时限于客观条件，我们的出版用纸都是千篇一律的 52 克胶版纸，若把七八万字的小书单独装订，就成了没有书脊的小册子，非常难看，且不庄重。有鉴于此，鼎公的书应该怎样编辑出版？我颇费心思。考虑再三，我发传真信件和鼎公协商，准备像出版李敖的《独白下的传统》一样，把他一共5本的“人生三书”和“作文两书”整合为2本出版。鼎公大概没有想到我会提出这样的建议，便答复说他要考虑一下。意外的是，没过多久，鼎公突然出了车祸，把腿摔断了，所以他再次回传真，只说了一句话：“弟病矣，诸事从缓。”从此这事情就放下了。当时我手里存积的选题很多，鼎公一病，没有和我联系，我也没有继续跟进，就去忙别的了。这一缓竟然缓了24年，到2013年以后，我在三联书店才重新联系鼎公，出版了王鼎钧作品系列16种。当然到这时，鼎公又有了许多新作，“人生三书”已变成了“人生四书”，“作文两书”也变成了“作文三书”，特别是鼎公写出了王鼎钧“回忆录四部曲”，以“一代中国人的眼睛”观察和记录了20世纪中国的百年忧患，世事沧桑。这些著作出版后影响巨大，且频频获奖，令我深感欣慰，也深觉庆幸：原本早已失之交臂的鼎公，竟然可以在四分之一个世纪以后，仍然经我之手介绍给中国大陆读者。我和鼎公的缘分不可谓不深也。

需要说说金庸先生。金庸我们早闻其名，但没有想到要出他的书。因为按照传统的文学观念，武侠小说并

王鼎钧著作，三联书店 2013 年版

北京三联版《金庸作品集》

不在人文社的视野之中。其实，他的作品我很早就读过几个盗印版本，如《鹿鼎记》《连城诀》《雪山飞狐》等，很喜欢。大概是在1993年，冯其庸先生有一次到人民文学出版社开会，跟我们谈到他对金庸的极高评价，说人文社一定要出金庸作品。这时我们才决定向金庸先生约稿。但我当时觉得我个人的分量不够，直接写信给金庸，怕他不重视，所以我跟陈早春社长说我要用他的名义写。我代笔写了一封致金庸的信函，表示人民文学出版社要以出版名家作品的高规格隆重推出金庸先生全套作品集，陈社长看了信签了字，扣上他的印章寄给金庸。一两个月后金庸通过他的代理人告诉我们，他一直在等待人民文学出版社出他的书，但是我们太迟了，三联书店的董秀玉已经跟他洽谈好了出版意向，不好再改了，所以人民文学出版社和金庸失去了合作机会。

其实说起来，我和金庸先生是有缘也无缘。说有缘，一是因为后来我到了三联，而金庸曾与三联合作多年；二是因为金庸和我还有一点远亲关系。他的堂弟查良铮（诗人穆旦）是我远房的姑父。我后来在香港工作时有一次和金庸聊天，我提到我们之间沾亲，搞得他顿时紧张起来，直到我说出原委，他才松了口气，说自己辈分

港版梁凤仪小说《我们的故事之乱世佳人》

小，很怕一不留神成了我的晚辈。现在看来，我还得管他叫叔，放心了。这层亲戚关系金庸是承认的，但是对于我和他之间的出版合作并没有起一点作用，所以说又是无缘。我到北京三联工作以后，金庸和三联的版权合同早已过期，没有能够达成续约协议，金庸的代理人已经将作品集交给广东的一家出版社重新出版。三联编辑部许多同事都对此深表惋惜，他们希望我能够说服金庸，将版权重新拿回三联。于是我在几年时间里，先是多次联系金庸在香港的版权代理人，后来是直接给金庸本人写信，托刘再复先生亲手转交。但是，因为金庸和广东方面的合作，不仅是版权的转让，而且还涉及资本的共同运作，牵涉问题较为复杂，所以我们的愿望最终也没能实现。这是一大遗憾。

梁凤仪女士是香港财经小说作家，她是中共香港工委和国务院港澳办推荐给人民文学出版社的。最初，将她的几本财经小说转给我们的人，就是当时新华社香港分社社长周南的夫人黄过女士。这几部作品出版时，我们在北京饭店举办新书发布会，当时的国务院港澳办主任鲁平又亲自到会表示祝贺。当然，这两个机构向我们推荐梁凤仪是从政治角度考虑，希望我们支持香港的爱国作家，但从文学角度来看，梁凤仪的财经小说题材贴近回归前夕的香港现实，清晰而准确地揭示了香港社会错综复杂的内部矛盾，对于内地读者了解香港极有帮助，社会认识价值颇高，它的作用是其他文学作品难以取代的；而且，这些作品故事生动，人物鲜活，可读性颇强，确实具有畅销的潜质。所以我们在编辑室经过研究和论证，决定作为系列作品出版。总共出版超过 20 种，其中至少有 10 种发行量超过 10 万册。人文社与梁凤仪的合作持续了七八年，一直到 1997 年香港回归以后，梁凤仪宣布封笔。

在三四年前，梁凤仪和我谈起，她重新恢复写作，正在写一部史诗性的作品，试图展现香港的百年史，书名叫作《我们的故事》。我知道，这是她一直以来的愿望，20 年前我刚认识她时，就听她谈起过。只是后来她做了上市公司的总裁，无暇写作，才把这件大事放下了。于是我帮助她重新和人民文学出版社建立联系，双方洽谈合作，又是一拍即合。《我们的故事》第一部出版时，开了一个新书发布会。应梁凤仪的要求，我也去参加，并讲了几句祝贺的话。那天，梁凤仪公开在新书发布会上讲，“李昕先生是我的恩师”。想来她指的是我曾帮助她在中国内地打开局面。当然，她这么说我不敢当。首先工作不是我一个人做的，从社长陈早春到彭沁阳、杨渡、曹晖等众多同人都帮过她。另外我想说的是，正好相反，我从梁凤仪那儿倒是学了不少东西，因为梁凤仪是一个香港商界长袖善舞的女强人，她在经营上非常有创意，而且自己也在搞出版业，她借用金庸给她题写的“勤+缘”，在香港成立了一家“勤+缘”出版社，集中出版大众读物，其中包括她自己的著作。她与人文社合作时，总是借助她在香港多年积累的商业经验，全力配合新书出版后的宣传推广，到全国各地进行促销活动十余次，我曾多次陪同，通过对这位女强人的近距离的观察和与她的多次交流，我在出版营销策划方面增长了不少见识。

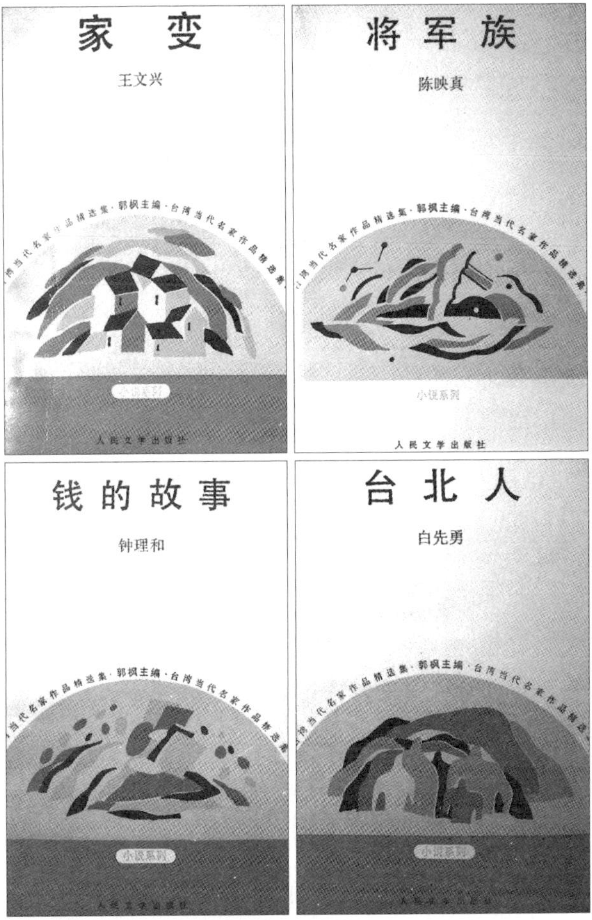

"台湾当代名家作品精选集"部分图书

五

多种类型的图书策划

我负责综合编辑室以后，社里把港台文学划归我负责，因此这类选题在编辑计划中占有一定比例。编辑室中做港台文学的是一个团队，包括资深编辑彭沁阳、青年编辑杨渡和曹晖等，老编辑白崇义也曾参与。他们都具备良好的专业素质，工作效率高，发稿量大，所以我们每年出书数量很多，这方面明显超出其他编辑部门。我们出版港台文学，除了编李敖、梁凤仪的作品外，还编过许多其他作家的小说、诗歌和散文，其中最有代表性的一套书是“台湾当代名家作品精选集”，一共25册，选录白先勇、陈映真、钟理和、钟肇政、王文兴、马森、郑清文、洪醒夫等25位名家作品，每人一册。它的主编郭枫本人是著名的台湾作家和文学评论家，主编《新地》杂志，一向以倡导现实主义基调的纯文学为己任。这使他以严肃的态度和严格的尺度，以文学成就和创作的艺术水平作为遴选标准，编选出版一套全面系统地介

“漫说文化丛书”

王安忆的《纪实和虚构》

绍当代台湾文学的丛书，在当时中国大陆出版物中，同类书是不多见的。

综合编辑室的特点是选题不受原有文学体裁的编辑分工局限，各种类型的文学作品都可以出版。原来社里严格规定，小说的出版归专门的编辑室，我们不能编，但这时，我们不受这个限制了，于是也主动出击，组织了一些长篇小说书稿，其中也不乏有影响之作。比如王安忆作品《纪实和虚构》，就是我曾参与约稿并担任复审的，此书出版后就获得“人民文学奖”，被认为是王的代表作之一。2016年，我忽然听到这本书又获得了“美国纽曼华语文学奖”的消息，成为极少数获得这一荣誉的中国当代长篇小说之一，也颇觉与有荣焉。

在散文随笔方面，有一套丛书反响颇大，这就是“漫说文化丛书”。

1990年春天，我编辑室的编辑王小平（她当时就是知名作家，后来做过《甄嬛传》和《芈月传》的编剧）介绍北大学者陈平原到人文社，和我们谈一个选题。陈平原说，他和钱理群、黄子平一起，最近花了一点时间，研读了20世纪以来的名家小品文，从中有了许多感悟。那时，正值中国文坛上的“文化热”方兴未艾，很多出版社都组织出版了一些文化学著作，学术界对于中国文化的理论问题极关注。但是，在当时人们普遍的概念中，大家对文化的理解似乎偏于“硬件”（即显性的文化，或者说物质的文化），而对于作为“软件”的文化（即隐性的文化），也即人们的观念文化、行为文化等缺乏认知。陈平原说，他们发现梁启超、鲁迅的许多名家小品捕捉到了这些富有“软文化”特征的生活现象，阐发了具有独特文化意义的主题，非常富于启示性。他们想把这些作品按照不同文化专题编辑成书，交给我们出版。我们听了非常高兴，以为这种编辑的思路很有创意，于是立即邀请他们着手编选。很快，他们就交来 5 本书稿，我们于 1990 年 10 月推出；第二年又交来 5 本，我们于 1992 年 5 月出版。

在这一套 10 本的“漫说文化丛书”封底上，我写了一个“丛书简介”：

中国文化是什么？

中国文化在哪里？

或许，本丛书可以给你一点启发。你会发现，文化不仅是玄奥的理论，而且是你所熟悉的一种情感，一种愿望，一种心态，一种意趣，一种习性，一种生活方式。

它不仅积聚在书本中，而且渗透在你的生活里，很可能你的一举一动都和它有关。文化就在你的周围，就在你的身边，就在你的夫妻父子朋友关系中，甚至就在你的衣服上，茶杯里，你有兴趣了解它吗？

没有说教，没有枯燥的理论，不重概括而专于描述，这是本丛书的一大特色。挥洒自如，生动活泼，妙趣横生，余味不绝的文笔，可以使你在轻松的艺术享受中丰富知识。丛书所选400篇散文杂文小品文皆20世纪名家精品，分作10集，题为《父父子子》《佛佛道道》《男男女女》《闲情乐事》《世故人情》《生生死死》《神神鬼鬼》《说东道西》《乡风市声》《读书读书》。

丛书出版后颇受欢迎，上市两个月就脱销，然后再版。由于陈平原、钱理群、黄子平三人都是研究现代文学的名家，所以这套书可谓名作名编，生命力持久不衰。直到今天，人文社的版权早已到期，但是这一套现代小品文的编辑作品仍然在其他出版社重印、再版。同时，由于它是第一次按文化专题将现代散文小品文分类编辑，改变了出版界编辑作家个人散文集的传统模式，一时引来多家出版社争相效仿。20世纪90年代以后，图书市场上，读者看到了不少这套丛书的续貂之作。

正是因此，“漫说文化丛书”在新闻出版总署直属出版社第一届图书评奖中获得“优秀选题奖”一等奖。

到了 1991 年，社里再一次调整编辑室，将综合第一编辑室改名为当代文学第二编辑室，仍由我当主任，但我的合作伙伴、原来的编辑室副主任高贤均被调到另一个编辑室去当主任了。于是我将现代文学编辑室的资深编辑王培元调入，请他主持理论组。王的理论素质极好，工作有激情，策划和案头能力都是一流的，有他在，我就不再费心。后来他主持下的理论组，的确出过一些有影响的作品，如“猫头鹰丛书”等。而这一时期，我重点关注的领域，一方面是港台文学，另一方面就是报告文学和传记文学。关于后者，许多选题，我要直接参与策划。当时有几部作品社会反响较强，包括麦天枢和王先明的《昨天——中英鸦片战争纪实》、梅斌的《法兰西漫游》、孙志远的《感谢苦难》和李鸣生的《走出地球村》等。这 4 本书背后都有故事。

麦天枢我早闻其名，读过他几篇报告文学作品，但我此前并不认识他。他自己将《昨天》投稿到人文社的，根据分工，我把稿子交给了我编辑室的一位负责报告文学出版的老编辑。那老编辑看后，写了一份审稿意见，将作品基本否定，建议退稿。他的理由主要是作者写的故事没有新意，这些内容都是老生常谈了。因为这位老编辑也是作家，甚至自己也写过很有影响的报告文学，所以对他的意见我不能不重视。但是，因为我过去读过麦天枢的作品，知道麦是一位思维敏锐的作家，非常善于在报告文学作品中提出自己的独立思考。于是我决定自己看看作品再说，谁知一看便被吸引，进而被作品震撼。我发现这部关于中英鸦片战争的全景纪实作品，在中国文坛上首次超越了传统的政治解读，而从中英两种文化冲突的角度透视这场战争，不仅提供了新的视角和新的观点，而且还做出了许多深刻的反思。在历史知识和观点的表述方面，由于麦天枢找到王先明这样的清史专家进行合作，所以书中的史料既丰富又严谨。我觉得，这样的作品简直不可多得。为了坚定自己的看法，我马上把书稿转给高贤均，请他发表意见。高贤均是我在人文社期间最为亲密的合作者之一。他的才华和水平、他对书稿的判断力都是我素来钦佩的，如果得到他的支持，我便会获得自信。结果两人的意见真的完全一致。于是我们决定将《昨天》作为重点书出版，由我担任责编，高贤均担任复审。书出版后，我们举办了一个有文学界和史学界两方面专家参加的作品研讨会，会上这部作品大受好评。著名近代史专家雷颐说，《昨天》的出版显示了一个现象：在引领社会思考方面，文学领先于史学。这是对作品思想价值的高度肯定。

翻译家梅斌的《法兰西漫游》，是武汉的一位朋友介绍给我的。这部作品曾由那位朋友经手，在武汉一本杂志上发表过一部分。作品记述的是作者20世纪90年代初在法国游历半年的经历，对法国历史文化、风物人情、社会百态进行详尽描述，是一本文化认知意义极强的游记。特别是因为作者是一位文化知识渊博的才子，他与钱锺书、罗大纲、吴祖光、范曾等学者和艺术家多有过从，他将自己和这些人交往的故事也融入作品中，使得作品的文化意味更浓。我接到作品时，甚为喜欢作者娓娓道来的文风，看得如痴如醉。然而，我发现作者和当时定居法国的范曾交往甚多，他在法国的一段时间甚至住到范曾在巴黎的家里。《法兰西漫游》约40万字，有七八万字和范曾有关。我从梅斌那里知道，范曾先生于1990年11月与情人楠莉双双出走法国，曾经发表过《辞国声明》，两年半以后，于1993年6月又发表《归国声明》，然后与楠莉一起回到天津南开大学定居。这些事情都没有见诸报端，显然是媒体对于报道范曾行踪有所顾忌。那么我们出书可否这样详尽地介绍范曾的法国生活？我仔细阅读了书稿，看不出政治问题，于是决定照常出版。事后，据我所知，国内一些关心范曾的人都在寻找这本书。此书出版后销路不错，很可能与此有关。

而另外一件相关联的事情，是发表范曾本人的作品。1993 年，人文社创立了一本新杂志，名为《中华散文》，编辑部设在我们编辑室，主编是一位社领导，我担任它的第一副主编。正在我欲为杂志约稿之时，梅斌告诉我，范曾先生写了一篇非常棒的美文，叫《风从哪里来》，问我可否登在《中华散文》上。我读了作品，感到确实是难得一见的佳作，作者采用类似楚辞汉赋中的那种铺陈手法，以大量的排比句写自然风，写得洋洋洒洒，气势磅礴，读之荡气回肠。我曾兴奋地拿着文章给杂志编辑部的同事朗读，执行副主编丛培香和几位编辑听了都一致叫好。于是我们决定将它发表在 1994 年第 1 期头条位置上，为了隆重其事，还连同梅斌专为推荐此文所作的“小序”一并发表。须知，当时媒体上虽然已刊登过梅斌介绍范曾的文章，但范曾归国后，还没有他本人的任何一篇原创文字见诸报端。管理层究竟是否同意范

梅斌的《法兰西漫游》

曾作品公开发表，还是未知数。在这种境况下范曾的郁闷可想而知。然而，我们刊出此文后，其他一些刊物或许是由此认识到范曾美文的价值，或许是由此知晓范曾的作品其实可以公开发表，反正用梅斌的话说，范曾是由此实现了一次“破冰之旅”，他当时为此而兴奋至极。果然，后来许多报刊纷纷向范曾约稿，一段时间的困局便被打破了。我也曾为自己在困难中助人一臂之力感到快慰。

当然，这件小事在今天看来，或许已经不值一提。我2005年从香港回到北京工作以后，因为工作上的联系，曾经多次到范曾先生家里拜访，每每都会与他聊天。一次我曾问他，你是否记得自己从巴黎回来，第一次发表作品是在什么地方？他想了一下，说记不得。于是我知道，我和梅斌帮他“破冰”一事，他已经完全忘记了。我原想提醒他此事，但觉这样便有邀功之嫌，所以最终没有提及。

孙志远的《感谢苦难》是关于老一辈画家彦涵的传记。我们当时推出过一套传记文学丛书，先后出版的还有关于司徒乔、吴冠中等人的传记作品。《感谢苦难》展现彦涵这位饱经沧桑的老画家的命运和追求，记述他从抗战时期走上革命道路以后几十年来的坎坷足迹，描述他对于艺术创新的不懈努力和奋斗的过程。编辑龚玉阅后的评价是：题材很好，故事很棒，可以出版，但最好改一稿，因为它的叙述结构单调，平铺直叙，把很精彩的人生故事表达得沉闷了一点，可读性受影响。我看了稿子以后，和龚玉的感觉差不多。我们一起约作者长谈，谈了两三个小时。我当时讲的具体意见今天已经记不清了，总之是说服作者，告诉他作品以当时的面貌拿去出版，将是非常可惜的，使人有功亏一篑的感觉。因为作品在内容上有很好的基础，只是表达不到位，如果下功夫改一下，可以使作品提高一个层次，我们相信作者有能力改好。我们又谈了一些修改建议，其中最重要的一条，是我对作者说，你的作品，通篇都是以你的眼光去看彦涵和他的艺术，建议你再补充一个角度，就是用彦涵自己的眼光去看艺术、看世界。作者听了似有所悟，他表示愿意配合我们的意见进行修改。几个月后，他把作品的结构重新梳理，增加了新的视角，采用了时空交错的叙述方式，使作品的艺术质量大大提高。

《走出地球村》的作者李鸣生是一位部队作家。他17岁入伍就进入西昌航天工业基地。独特的经历使他专注于“航天文学”，写出多部脍炙人口的报告文学（他后来一共写出航天七部曲，并多次获得多种重要奖励）。他的早期作品，如《飞向太空港》《澳星风险发射》等都曾在《当代》发表，所以我早早就关注到他的创作，也不止一次地参加他的作品研讨会，对他的创作成就给予肯定。及至《走出地球村》发表时，我第一时间阅读了作品，写下了一篇热情洋溢的推荐文章，发表在《当代》上。后来这部作品在人文社出版，交由我们编辑室编辑，我又是复审。这时李鸣生找我，希望把我的推荐文章作为本书的序言。他对这篇序言非常看重，20年以后，另有一家出版社要出版他的作品集，他还特地打电话来，要求我同意将这篇序言收入他的文集中。

说到序言，也是凑巧，上面提到的4部纪实性作品，我都有幸作为责编之一，而且无一例外地为书作序。（《感谢苦难》的序言虽然署名为老作家管桦，其实也是由我代笔。）前面提到，我一直有志于钻研文艺理论，不时撰写文学批评和随笔，在文坛上虽然不能说有什么名气，但是文学圈内作家、学者中不少人知道我喜欢写评论。及至我担任了这些书的责编，几位作者都邀请我在书前作序。我不敢敷衍，每每都郑重其事，把序言写

《感谢苦难》

成一篇有些分量的论文，极力向读者推荐新书。这些序言都颇受评论界和读者好评。说来有趣，1993年我申请加入中国作协，因为当时不曾有个人专著出版，达不到入会的门槛（需要出版两部著作），所以申请被驳回。但此时已是作协会员的作家韩小蕙竟然路见不平拔刀相助，她拿着一本报告文学《昨天》，找到作协负责审批新会员的领导，说："你们发展会员怎么只看数量不看质量？你们看看李昕给这本书写的序言，还不够资格当个作协会员吗？"不知是不是她的话起了作用，1994年我便顺利地加入了作家协会。当然，话说回来，能把序言写好，前提在于作品要好，才有话可说，说得恰如其分，既不空谈，也不妄议。上面提到的4本书，《昨天》《法兰西漫游》和《走出地球村》后来分别获得"中国报告文学奖""人民文学奖"和"鲁迅文学奖"。

我在人文社的14年，中国的出版业大体上还处在铅字印刷的时代。所谓的电脑激光照排技术在20世纪90年代初期才开始推广，也是一步步成熟起来的。80年代至90年代初期，书虽然叫作图书，但基本是无图的。我在这个时期编辑的书都是纯文字作品，只有一部著作是例外，这就是杨义的《中国新文学图志》（上下卷）。

1994 年，有一天杨义忽然拿了一大堆书稿来找我。此稿文字不多，20 多万，但是插图却有 1000 多张。那些图是杨义四处搜罗来的，主要是用民国时期的报刊复印，清晰度不高，有些图黑乎乎的。

杨义告诉我，他要开创一种文学史写作的新文体，叫作“图志”，以图文互现、图文互证的方式展开研究，以图出史，以史解图。这当然应该支持。但是，当时人文社和大陆其他大多数出版社一样，没有电脑排版设备，无法进行图文混排；书中的插图，要在照相单独制版后，再和文字版拼在一起印刷。要把 1000 多幅插图先一张张照相再拼版插进书里，工作量大到不可想象，而且，每一幅插图都要占单页，现实中也无法操作。何况，许多插图还需要修饰，不能直接印书。所以杨义此前曾将书稿交给两家出版社，编辑都知难而退了。

这时，杨义问我有没有办法。我知道这套书已经出版了台湾版，台湾那家出版社曾利用电脑编排了插图，并修饰了图版。我想出一个取巧的主意，请杨义给我找两套台版书，打算利用书中编排和修饰过的插图来发稿。我把两套书中正反两面的插图都用剪刀剪下来，贴在 A4 复印纸上，凑成一套图稿，再把插图的文字说明另

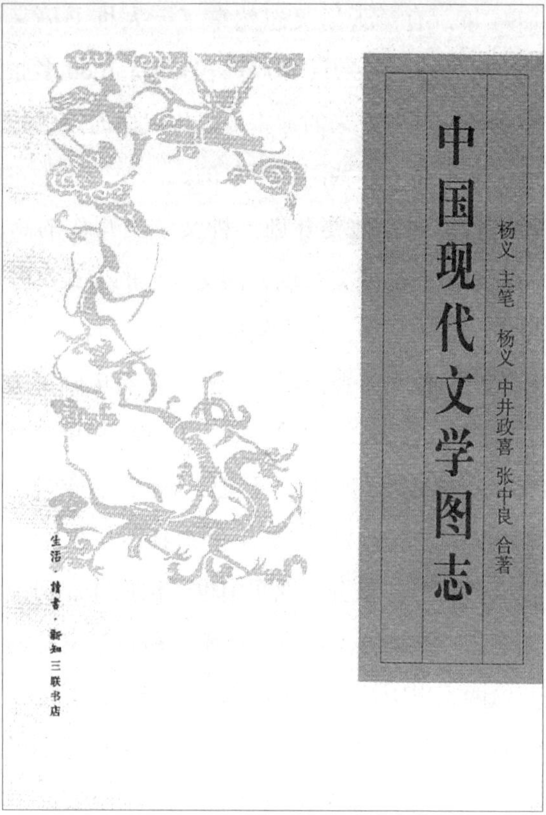

杨义的《中国新文学图志》，后在三联出版，

更名为《中国现代文学图志》

外排字印出，也一条条剪下来，和插图拼贴在一起，最后将一摞摞的图稿送去照相制版。即使这样走捷径，工作量也大得惊人，我没日没夜地干了三四个月。那时我家房子很小，晚上在家里编辑这部书，桌子摆不下，就把床上的被褥掀起来，在床板上摆摊子。我太太至今都还记得当初满屋子都是稿纸的情景。

当然这功夫没有白下。这部两卷本的著作出版后，不仅好评如潮，而且颇为畅销。因为那时中国还没有进入“读图时代”，插图多的读物非常少见，特别是以“图志”形式写史的著作，尚属绝无仅有，可谓开风气之先。所以它在日本、韩国、中国大陆与中国台湾都引起强烈的反响，被认为是文学史写作独创性和多样性相结合的一个范本。著名作家萧乾甚至直接称“这是文学史上的一部旷世奇书”。有这样的评价，我便也感到欣慰。

六

两场版权官司

1991 年，《中华人民共和国著作权法》（下文简称“《著作权法》”）开始实施，从此中国的版权管理走入正轨。虽然此前的几年，我们已经开始建立版权意识，也尝试同作者签订出版合同，但那时出版社熟悉版权事务的编辑不多。由于我的工作涉及港台文学，常常需要洽谈较为复杂的版权事务，多少有些版权合作的经验，所以社里一旦遇到版权纠纷，陈早春社长总是把我也找去一起商量，特别是我兼任他的社长助理（1992 年）以后。

1992 年初冬的一天，陈社长把我叫到他的办公室。一进门，他便递给我一本红色封面的书，我一看，书名是《围城》，心中不免诧异。《围城》在人文社印行十几年，使用的一直是灰底黑字的封面，我不记得换过呀。陈社长告诉我，这是四川文艺出版社的《围城》汇校本，现在正在大量发行。

我看了一下这本书，署名钱锺书著，胥智芬汇校。我没有听说过胥智芬其人。再看内容，不过是将《围城》1947年在《文艺复兴》杂志上发表的版本、1948年在晨光出版社印行的初版本和20世纪80年代人文社出版的定本进行了比对，把不同版本的不同用词用字一一标示出来，作为注释，注在每一页的下方。整体上看，就是一本加入了若干注释的长篇小说《围城》，但注释的内容，一概只是关于某个字词在其他版本用作其他字词一类的信息。其中除了作者在定本中改正过来的个别错讹，也有经编辑更正的新中国成立前旧版中的排版错误，更为大量的是由于汉字简化而出现的同一汉字的不同字体（例如旧版作“一枝笔”，新版作“一支笔”；旧版作“拿著”，新版作“拿着”等等），这些都被不厌其烦地罗列出来，全书有两千多条注释，大量属于最后这种情况，看了不禁令人发笑。一看便知，所谓“汇校”不过是障眼法，四川文艺出版社真正的目的是翻印长篇小说《围城》。

谁都知道《围城》那时候是热门书。1990年《围城》电视剧上映之后，人文社的长篇小说《围城》多次重印，仍供不应求。不法书商乘机盗版，国内几年中先后出现

《围城》汇校本

了近20种盗印本，总印数据估计逾200万册。但凡盗版，都是偷偷摸摸地印，悄无声息地卖，让你查不到，抓不着。但是这个《围城》汇校本，却是打着“为学术研究提供新版本”的旗号，堂而皇之、大模大样地公开销售，出版者的大言不惭和理直气壮着实令我震惊。

陈社长告诉我，现在钱锺书先生已经全权委托我们出版社代表他打官司。我们替钱先生委托了两位律师，但是社里也要有一个代表负责此事。他对我说：“你是我的助理，你办事，我放心。”

我完全明白。这个官司不能不打，而且只能打赢，不能打输。因为如果输了，那么人文社多年积累的大批现代文学名著都可以被别人轻易拿走，巧立名目，另行出版，这样《著作权法》所保证的专有出版权就名存实亡了。所以这个官司并不仅仅为了这一本书，更重要的是要在《著作权法》实施以后为出版界立一个规矩，建立一个游戏规则。

我和副总编李文兵、总编室主任冯伟民以及两位律师一起研究了案情，决定到上海去立案（因为胥智芬是上海人），这样可以避开四川地方保护主义的影响。同时我们知道，这场官司，实际上不仅是针对一家出版社，而且还间接地针对国家版权局。因为四川方面曾请国家版权局办公室做过一个“裁定”，认为“汇校本”的出版，只侵犯了钱锺书的“汇校权”而没有侵犯人民文学出版社的专有出版权。这个“裁定”的荒谬是显而易见的，连钱锺书先生本人读罢都连称“可叹，可叹”。但他们毕竟是权威机构，我们要从法律上推翻他们的意见，必须寻找学术界的支持。为此我们访问了全国人大法工委、中国作协作家权益保护中心等机构，又举办了法学专家座谈会，请多位知名专家针对《围城》汇校本发表意见，然后我们召开新闻发布会，将我们的意见和专家的意见诉诸媒体。我们相信，明眼人自有公论。

这案子审理了三年，我陪着律师两次到上海，在开庭时和四川方面委托的律师唇枪舌剑地争辩，我方明显占据上风，不是因为雄辩，而是在于占理。上海市中级人民法院最后以《中华人民共和国民法通则》为依据宣判《围城》汇校本侵权事实成立，钱锺书和人文社获得完胜，四川文艺出版社需做出大约 20 万元的赔偿并登报公开道歉。

另一场版权纠纷是关于梁凤仪作品的。大约是 1994 年，在我们出版了多种畅销的梁凤仪财经小说以后，有一天发行部的同事告诉我，他们发现山西一家出版社也在发行同样的梁凤仪作品，例如《九重恩怨》《醉红尘》《花帜》《昨夜长风》等等，一共9个品种。我大吃一惊。以我对梁凤仪的了解，她不可能做这种重复授权，所以这些出版物一定是盗版。我立即请发行部的同事设法找到9本书的样书，作为证据。

与梁凤仪洽商此事，她自然极为重视，决定和人文社一起追讨盗版。她的作品出版是我经手，人文社自然是由我出面，梁凤仪则是派出她的助理殷小敏和我一起同山西方面交涉。

我通过电话，找到山西那家出版社的社长，告知侵权事实，晓以利害，请他选择是“公了”（诉诸法律）还是“私了”（自己协商解决）。那位社长解释说，其实这套书，是书商做的，拿了他们的书号而已，侵权他根本不知情，他没有想到书商会这样做。但是现在，书上署着出版社的名字，法律责任自然要出版社承担，他自知理亏，连连道歉，并表示“千万不要打官司”。

随后，那位社长派出他的助理专程到北京来和我商谈解决方案。因为侵权书都是畅销书，且翻印量较大，所以梁凤仪和人文社索赔的数额必然较高，而对方一再叫苦，请求我们理解和关照。开始双方谈不拢，所以那位社长助理前后来北京两次，后来总算达成协议，出版社方面又称手头拮据，一时付不出款。为此殷小敏还专门到山西去催款。拖了两个月，最后此事总算圆满解决，那家出版社总共赔偿梁凤仪和人文社 60 多万元，双方平分，各得 30 多万元。

陈早春社长见此非常高兴，对我说："我得重奖你。" 他果然为我颁发了 1 万元专项奖金，说是人文社历史上，从来没有给任何人发过这么大数额的奖金。想来也是，那时我的月薪，可能还不到 1000 元。我很兴奋，大家也都来起哄，说是要吃大户。于是我拿出 1000 元，请同事去买水果和点心，然后我们借用了位于东四南大街的新闻出版署顶楼的大会议室，在那里摆上吃的，唱歌跳舞。记得那天人文社的青年编辑来了几十人，大家热热闹闹地欢度了一晚。

举办关愚谦作品《浪》的新书出版座谈会（2000）

我和曾敏之先生共同主持王蒙和金庸关于《红楼梦》的对话（2003）

在三联举办的"感觉上海"研讨会上，与作家王安忆、李欧梵、也斯、陶然等合影（2003）

在台北商务印书馆门市店三联专柜前（2003）

董建华、高祀仁参加《邓小平论"一国两制"》新书发布会（2004）

蓝真和萧滋先生在我回京前与我合影（2004）

与赵斌合影（2004）

在香港三联的办公室里（2004）

香港三联编辑部欢送我离开香港（2004）

中篇

香港三联 8 年

1996 / 2004

一

“三年能熟悉就算及格”

香港三联的全称为“三联书店（香港）有限公司”。我去那里工作，是组织借调性质，当然，能够成行也因朋友推荐。

1994年年底，人文社副总编何启治到香港访问，接待他的人是香港联合出版集团行政部主任章新民。章了解香港三联书店正要到内地物色出版管理人才，便问何启治，有没有合适人选可以推荐。何脱口而出，说：“我觉得李昕就挺合适。”章也是从内地被派到香港工作的，曾在人文社做过编辑，原本就知道我，好像对我印象还不错，于是他便向集团领导做了推荐。

1995年3月，当时的香港联合出版集团副总裁兼香港三联书店总经理赵斌到北京出差，顺便约我面谈。这算是一次面试，我们长谈了两三个小时，互相提了各种问题。赵当场表示我可以去香港工作。但是我问去了做什么，他说暂时不能定，要等香港工委的意见，可能是做副总编，也可能是做编辑部主任。“如果是后者，对你就是降职使用。这也没有什么奇怪的，到香港工作的人，很多都是降职使用的。”我表示回去和家人商量一下。

这一夜我几乎没有睡。第二天一早，我打电话给赵斌，说我已经决定赴港工作。他问我职务上如何考虑，我表示不计较职务，不再患得患失。

从此两地间的调动便进入程序。本以为事情很快办妥，没想到两边的上级主管机关效率极低，拖了 1 年零 9 个月。在这期间，人文社一位副总编退休，我有机会如愿以偿地递补这一职务，陈早春社长把我的名字报到新闻出版署，但旋即被署里打回来，他们说，中组部有文件规定，处于赴港调动期间的干部不得提拔。

1996 年 12 月，我终于接到调令，踏上赴港的旅程。

上班的第一天，赵斌和我做了一次长谈。从香港的整体形势一直谈到本地出版工作特点，谈到陆资出版机构的责任和担当，三联目前的经营状况和面临的问题、机遇与挑战等等。总之，给我的感觉是压力山大。他特别强调了必须重视工作效率，讲了几点我至今不忘。

1. 他要我做副总编，但是告诉我，公司为了提高

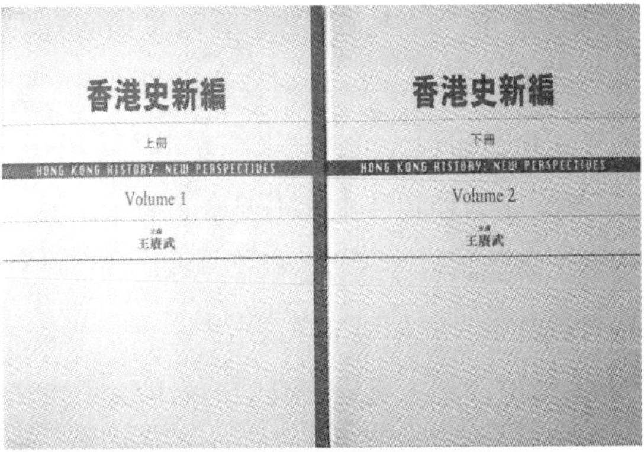

香港三联出版王庚武主编的《香港史新编》

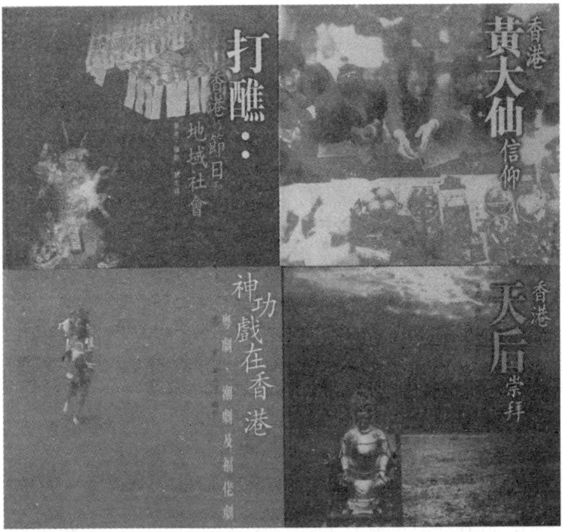

香港三联出版的香港民俗丛书

效率，实行所谓“扁平化管理”，减少中间管理环节，所以不设编辑室主任。副总编要直接面对每一个编辑、设计人员和生产印制人员。

2. 必须学会使用秘书，不要事必躬亲。要面对的事情很多，不能被事务缠身。就像足球运动员一样，不能总是自己盘带，要尽快把球踢出去。

3. 不要把内地人喜欢开会的毛病带到香港来。这里开会人工成本很高，一个月薪 3 万元的编辑，每个小时的工资差不多要 200 元，我们不能不算这个账。公司大会一年只开一次，也只是中层以上干部参加。平时只开领导班子会，或找个别人研究问题。

4. 注意要用数字说话。领导班子例会每周一次，就是报数字，研究数字中的问题，必须有所准备。

5. 任何事情，总经理秘书都会通知，但是只通知一遍，不再提醒，所以必须记牢。

这一切，我都要迅速适应，而且在编辑出版业务方面，有很多东西我也需要从头学习。联合出版集团当时的董事长李祖泽知道我来香港了，约我谈话，就告诉我，内地人来香港做出版，总是很自信，其实水土不服的人很多。“如果你三年能熟悉就算及格，如果你两年能熟悉，我就给你打AA。”

的确，什么书能够适应香港市场？哪些书能出，哪些书不能出？这就需要积累经验，才能形成判断力。我在到达香港第一周里，立功心切，一口气给赵斌提出了十来个选题，建议三联出版，结果差不多全部被赵斌“枪毙”。从此我便知道，在这里策划选题，要先研究同类图书的市场数据。

可以学习的东西真是很多。那个时期，香港的出版业和内地相比，还是有着技术优势的。他们的图书装帧设计水平高，纸张和各种制作材料质量好，印刷和装订设备先进，工艺领先，所以印制出的图书比内地版图书要精美得多。那时内地几乎还没有出版社实现电脑化，人文社的社长办公室还在请专门的打字员使用四通打字机打印文件，而香港三联已经人手一台电脑；内地基本上还处在铅字排版向电脑排版的过渡时期，书中大多只能以另外照相制版插入单页单色插图，而香港早已实现了图文混排，真正进入了“读图时代”。记得我刚到香港时，就被香港制作的大型画册所震撼。如三联出版的王世襄《明式家具珍赏》和《明式家具研究》，商务出版的沈从文的《中国古代服饰研究》，都是80年代在香港编辑的，堪称传世之作。这些书之所以会拿到香港来制作，原因就在于当时内地不具备制作这种画册的能力。而香港三联，在图书装帧设计方面一直是独树一帜的。它拥有一流的美编，人称“阿智”的设计家陆智昌曾经长期在这里工作，北京三联的设计家宁成春也曾两次受聘来这里任职。他们主持的三联图书美术设计，重视质量，讲求品相，形成清新淡雅的艺术风格。所以，一连很多年，香港举办图书设计和印制大赛，评奖时，如果只有一本书获奖，那本书通常是三联出版的。我来到这样的一个重视装帧艺术的出版环境里工作，自己的“书感”便被培养起来。

在图书出版的经营管理方面，我在这个时期也积累了很多经验。虽然香港的市场很小，香港三联和人文社相比不过是个小社，但是“麻雀虽小，五脏俱全”，而且，我在这里做了出版社的负责人，工作层面提高了，看问题的角度跟着发生变化，开始学会从全局的角度考虑经营问题。过去在北京，虽然对于图书的销售也很关心，但那只是作为编辑部门负责人，考虑的只是一个部门的几本书的问题。但是现在，需要考虑整个出版社的整体销售状况、盈亏情况，特别是要注意一些趋势性和倾向性的问题。赵斌说要拿数字说话，指的就是这些。所以我很快就养成了每天看数据的习惯。当然，香港三联虽然重视效率，也并不是每天都有现成的市场报表。但是，因为它有 17 间门市书店，这些门市书店的电脑可以和我办公桌上的电脑联网，所以十来万个品种的图书，哪一本在哪一天销售了多少本，我坐在办公室里都能看到。而香港三联的 17 间门市书店在香港图书市场上是占有固定销售份额的。知道了图书在自己门市书店的销售数字，可以轻易估算出这本图书在整个香港市场的销量。而且，根据一般规律，从一本书几个月的销量就可以很容易地推算它在未来几年内的市场潜力。有了这些市场数据，出版社的盈亏账就容易计算了，而且，通过分析数据，可以及时发现经营中的问题。哪些书推销不力，哪些书发行不到位，都能迅速察觉。我们每周开一次总经理办公会，常常要针对这些问题做些讨论和研究。开会前当然要做准备，汇报工作当然要有提纲或者文稿，在一般情况下，写提纲或者文稿，人们都会选择使用 Office 里面的 Word 软件，但是香港三联的管理人员，更多地选择使用 Excel，原因是这个软件的计算和图示功能，对于研究销售问题比较方便，在会上也易于使用投影仪做演示。我在香港 8 年，每周用 Excel 报告工作已经养成习惯。

二

“三联要旗帜鲜明”

香港三联是一间有传统的出版社，在香港，它的地位又很特殊。它和北京三联、上海三联虽然互无隶属关系，但是同根同源，其历史都可以追溯到20世纪30年代活跃于上海的生活书店、读书出版社和新知书店这三家进步出版机构。解放战争时期，这三家出版机构为了躲避国民党的政治迫害迁往香港，1948年10月，根据周恩来同志的指示在香港合并，成立三联书店。1949年，书店的大部分人员回到北京，参与国家建设，少数人员留在香港，仍然坚持三联的传统，从事进步文化的传播工作。作为陆资企业，它归香港“中联办”（过去称新华社香港分社）领导，除了一如既往地通过图书出版“暗示人生修养，唤起服务精神，力谋社会改造”以外，还承担着对港人宣传国家的对港政策、介绍中国历史文化和当代中国社会的责任，需要帮助港人了解中国，引导他们认同中国。1979年，当时香港陆资出版业的负责人蓝真先生到北京向国务院港澳事务负责人廖承志同志汇报工作，廖公曾明确指示说，香港的“三中商”（指三联书店、中华书局、商务印书馆）要各有分工，“三联要旗帜鲜明，商务要正襟危坐，中华要文史传家”。“文史传家”易懂无须解释，“正襟危坐”是要专心致志出版学术文化著作，而“旗帜鲜明”意味着要介入香港社会的政治矛盾，向港人传达内地方面的立场。

我到达香港时，香港仍然在港英政府的管辖之下。但是回归已然临近，社会上仍有不少民众对于“一国两制、港人治港、五十年不变”等政策不甚了了，甚至抱有怀疑和误解，市场上急需一批阐发对港政策的图书解疑释惑。在此之前，赵斌总经理已经组织出版了《邓小平文选》《陈云文选》等政治性著作，还出版了《基本法知多少》等深受欢迎的大众读物，我去了以后，沿着这个思路又继续组织编辑了《“一国两制”知多少》《香港特别行政区知多少》、时任新华社香港分社社长周南的著作《紫荆开处胜朝霞》、国务院港澳办原副主任李后的回忆录《回归的历程》、香港问题专家袁求实编写的《香港回归大事记》和《香港过渡时期重要资料汇编》等。这些图书不仅由我策划，而且全部都是由我亲自担任责任编辑，它们在“九七”香港回归前后出版，反响巨大，很受读者好评。我在编辑这些图书的时候，强烈地感受到一个编辑所应该承担的社会责任。这种感觉，是我在内地做出版时所没有的。

根据现实需要策划选题，是香港三联的一贯做法，这和邹韬奋先生倡导的三联传统有关。在民族革命战争时期，三联一直承担着启蒙民众，引领社会思想进步的重任，而今天在香港，三联的角色和作用未变，它需要有针对性地探讨香港社会的历史和当今现实的种种问题，用内地的观点予以阐明。我在香港的 8 年中，曾经有意识地组织过不少这一类的选题。其中特别值得一提的一件事，是 2004 年，我听到时任立法会主席的范徐丽泰在一次讲话中说，香港的爱国群众组织非常希望系统地了解邓小平有关“一国两制”问题的看法，但是没有这方面的书，他们就把相关文章从邓小平的文集中找出来，打字复印传阅。我觉得这是给我们交代了任务。我马上打电话给中宣部出版局和北京的人民出版社，请他们协助解决版权问题，同时着手编选邓小平著作，找出相关的 17 篇文章，合为一册，书名为《邓小平论“一国两制”》，立刻加班加点进行编辑、排版，并反复校对，确保没有一个错别字。9天以后，这本书出版了，时逢邓小平诞辰100周年，我们在香港会展中心举办了新书首发式，时任特首董建华和香港“中联办”主任高祀仁都亲自出席首发式并发表讲话，造成很大声势，使得这本书一时非常畅销。一个月后，针对香港的英语读者，我们又专门出了它的英文版。这本书的出版，可以看作是香港三联坚持“与时代同行”这一传统的例子。

当然，三联的传统是关注社会改造，力倡思想启蒙，所以，我们介绍中国的图书，不可能都是政策解读，也不应都是莺歌燕舞的正面报道，而是需要对中国的历史文化、对中国当代社会的方方面面都有观照，有分析，有研究，保持客观公正的立场。比如，我们特地组织了一套有关中国国民性问题研究的丛书，包括《中国人的性格》《细说中国人》《中国民族性》《国民素质忧思录》等等，就非常受香港读者欢迎，因为他们在香港回归以后，与内地人合作和交往增多，需要了解内地人各方面的特点。当然，除了优点，也有缺点和陋习，乃至民族的劣根性。对于当代生活，我们既正面介绍内地的发展，又反映发展中存在的问题。例如，我给杨继绳先生出版两本著作，一本是《邓小平时代》（很多人都知道我参

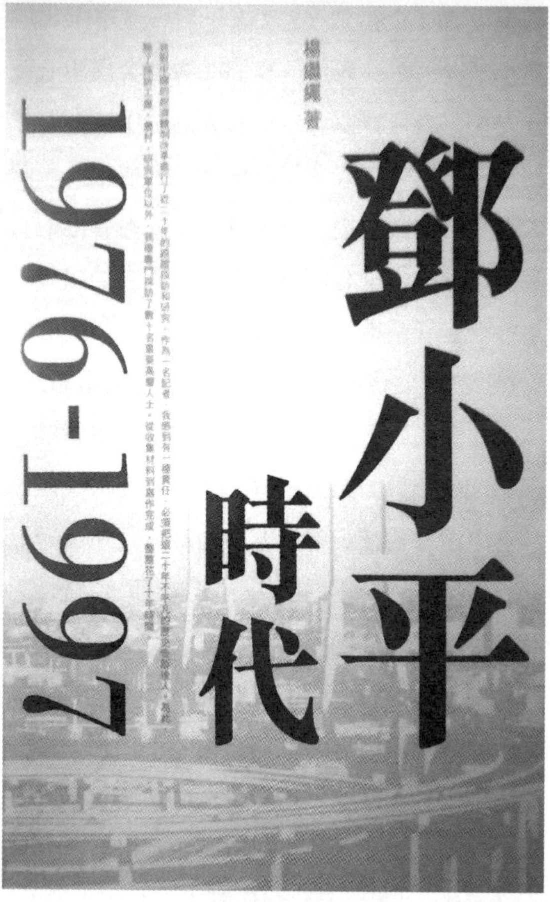

杨继绳著《邓小平时代》

与过傅高义的《邓小平时代》的编辑，却不知早在20年前我曾编辑过这本同名的书），以历史纪实的方式集中反映改革开放20年中国所走过的道路和取得的成就，而另一本《中国社会各阶层分析》则是以理性的归纳总结，对当代中国社会矛盾进行集中揭示。这些图书的出版，对于港人客观全面认识中国都是大有帮助的。

通过在香港从事出版工作的锻炼，我对于出版在传承文化、启迪智慧方面的本质意义有了较为清晰的认识。渐渐地，怀抱文化理想，承担社会责任，成了一种自觉的追求，这意味着我的成长和进步。当然，这还是不够的，在经济上我还面临更加严峻的考验。

三

“蚂蚁战术”和本地化追求

我去香港的第一年是1997年，香港回归前后，经济形势非常好，我们做事也一切顺利。但是到了第二年，席卷亚洲的金融风暴来了，我顿时感到出版上的经营压力非常大，经济效益直线下降。那一两年，香港很多间出版社维持不住高房租和员工的高收入，纷纷倒闭了；不倒闭的，搬离中环的高端写字楼，大量裁员也是普遍现象。三联是陆资企业，用内地的说法，就是国企，但是在这里，实行的是彻底的市场化管理，必须自收自支，自负盈亏。亏损时无人援手救命，要想自救的话，唯一的办法就是降低成本，而降低成本最直接有效的方法就是缩小办公室面积和裁员。

1998年、1999年是我们经营最困难的时期，那时我注意到，有的兄弟出版社把十几个人的编辑部压缩到两三个人，成了留守处。新书也不怎么出版了，只靠一些重印书赚取一点基本的收入。三联没有到这种程度，

“中国人”书系

但 1998 年也曾经裁员，从 250 人减少到 220 人。不过，编辑部一个人都没有裁。我们把这编辑力量保存下来了，因为我们知道，编辑人才是最难寻找和培养的，三联的出版传统就在这支人才队伍中。一旦编辑队伍散了，传统就保不住了。

经济萧条影响各行各业，出版业是首当其冲。因为对于消费者来说，书通常不是刚性需求。他们首先要满足衣食住行，然后才会考虑读书。经济不好，民众消费意愿降低，对于商品价格的承受能力也降低，过去能卖的书也卖不动了。对于这种新情况我们必须有对策。

当时香港三联的总经理赵斌是个很有经验的出版专家。他是学数学出身，精于计算，很有经营头脑。有一天他来找我说，我们必须设法降低书价，出版一些低定价的小书，让读者消费得起。这样分散出版风险以后，我们可以依靠增加品种，重新获得出版总量上的优势。他把这个策略叫作“蚂蚁战术”。

从哪里开始？赵斌带着我，到三联设在香港中环办公室楼下的书店考察。那家书店是三联的旗舰店，有内地图书和港台图书超过 10 万个品种，还有大量的外版书。对于三联的编辑来说，这里就像公司的资料室一样，同时也是我们了解市场的窗口。我们在书店里注意到日本有一种“文库本”丛书，清一色使用小开本，平装，定价低廉，但是内容包罗万象，多为名家经典作品。考虑到三联曾经出版过不少文学精品，可以采用这种形式重新整合出版，我们当即决定编辑一套“三联文库”。第一批出版的是18本中国历代诗歌选集，从《诗经》《楚辞》，到李白、杜甫、白居易、苏轼，一直到纳兰性德的诗集。过去三联出版这套书，平均定价60港元左右，现在我们改造成小开本，尽量压缩成本，最终平均定价仅在25港元左右。这批书推向市场，被读者认可，销售情况不错。于是我又继续策划，向内地及港台地区的文人作家约稿，获得杨绛、王蒙、李欧梵、刘再复、余光中、余秋雨等一大批名家的供稿支持，著名现代文学史学者杨义和当代文学评论家白烨还协助我进行了多部作品的编选。在几年时间里，“三联文库”每年推出一批新品种，到我离开香港时，总共出版81种。我们专门制作了一种有机玻璃的旋转书架，赠送给香港几十间中文书店，用来摆放这套丛书。丛书中的作品，对于喜爱文学的读者，是颇有吸引力的。当时我的一位领导——香港“中联办”副主任王凤超就表示，这套书小巧，重

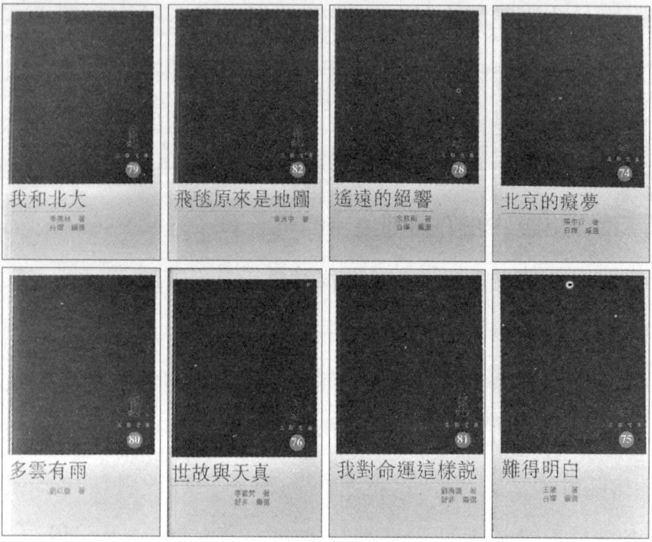

“三联文库”部分图书

量也轻（因为我们选择使用了轻型纸），携带方便。他每次出差时，别的书不好携带，他就从“三联文库”里选一本，装在口袋里。所以这套书成了他的常备书。那段时间，我回北京探亲，常到北京三联的韬奋书店看看。我在那里发现北京三联也出版了一套“三联精选”，内容同样是“大家小书”，同样采用小开本，低定价，分批出版形成系列，我顿时觉得，这两间三联书店，如此不谋而合，或是传统使然呀。

为了降低成本，三联需要把图书的编辑和制作向内地转移。我来自内地，在这方面有优势。我先联系了人文社旗下的“光文激光排版公司”，继而又和著名的“南京理工排版公司”合作，将大量图书发到这两间公司排版和校对。这种异地合作，大大减少了出版费用，而提高了出版效率。很快，三联便从一年只出新书 70 ～ 80 种，变成了一年出新书 180 种以上，经济效益也便随之提高。2000 年，我和副总编陈翠玲在深圳招聘大学生、研究生，建立了香港三联的深圳工作室。从此，出版社的书稿两地分流，半数左右的图书在深圳排校、制作、印刷，然后运回到香港销售。

我是文学编辑出身，考虑选题时，总是念念不忘文学。但是我刚去香港时，赵斌就提醒过我，香港市场太小，文学书卖一点内地版就差不多了，再单独做一个繁体字版，恐怕市场难以支持。大的文学书项目尤其不能接受，在某种意义上说，文学是香港图书市场的“毒药”。其实不单是香港，就连比香港人口多几倍的台湾，文学书的命运也好不到哪里去。20 世纪 90 年代我在香港结识了台湾远景出版社的老板沈登恩，他在七八十年代，一向被称为台湾出版界的“小超人”，先是冒险出版了李敖作品，继而将金庸作品引入台湾，再者又隆重推出香港杂文家林行止的文集，做得风生水起，他在那时的出版界，简直就是成功人士的象征，但是到了此时，只因为他下决心要出版一套“诺贝尔获奖作家作品全集”，就弄得一蹶不振，甚至负债累累，十来年缓不过气，见人都低一头。常有三联同事拿沈登恩给我做例子，让我别碰文学，但是我总是忍不住要试试。出版了几本新锐的长篇小说，例如韩少功的《马桥词典》，反应的确一般，达不到预期。又约请文学评论家黄子平编选《中国当代短篇小说年选》，每年一本，刚编了两本就停下来，原因一是编者供稿不及时，二是市场反应不佳。这时老朋友杨义来找我，说是他把鲁迅的小说、散文和杂文分类编选，自己加以点评，编成了一套三卷本的《鲁迅作品精华》（点评本）。杨义直言告诉我，在内地，他曾经找过两家出版社，人家都以鲁迅的著作已经出版得太多而不予考虑，然后问我，这样的书香港能出吗？我也有些犹豫。一天我正在办公室看这部书稿，香港一位资深出版人来访，见到这套厚厚的鲁迅著作，便好言劝我不要出，说如果出，“你塞梗了”（广东话：死定了），但是我不甘心，一定要试一试，我觉得，鲁迅只有一个，而以杨义这样的鲁迅专家的身份点评鲁迅的著作，也只有这一部。果然，我们把这三卷大书投向市场，虽然谈不上热销，却也绝非遇冷。印数不多，但是很快就重版了。要知道在香港，凡是能够重版的，就是被市场认可的书。后来，这套书的生命力还真是很强。15 年以后，2013 年我在北京三联为生活书店策划选题时，考虑到这套书尚无内地版，还请杨义对他的评点进行增补和修订，又出版了《鲁迅作品精华》（点评本）的简体字版本。这时香港三联的副总编辑侯明闻知此事，又专门来和我商量，她要在香港也再次出版这一套书，说明市场仍然看好。当然，谁都知道，鲁迅著作出版，只能算是一个特例。

文学书没有销路，学术书就更加难以选择。我一去

香港三联版杨义编著的《鲁迅作品精华》（点评本）

香港三联出版的“百年经典丛书”

香港，就发现香港三联和北京三联在出版定位上有很大不同。虽然两家出版社都强调思想领先，但北京三联更加注重学术，而香港三联更加偏重文化。这当然也是不得已而为之。香港三联何尝不想发展学术板块？然而市场狭小，学术书没有销路。本来香港人口只占内地的1/200，能否成为一个独立的图书市场都令人存疑，然而这600万人口中的知识阶层又是从小接受英语教育，读惯了英文书的。往往越是高端的学者，对中文图书的需求越少。而且，随着改革开放后内地与香港、台湾与香港的文化交流日益密切和扩大，内地和台湾的大量中文出版物如潮水般涌入香港，使得香港的出版业几乎需要反思，自己还有没有生存的必要。市场日渐萎缩，过去能做的事情，现在已经不可重复了。比如，20世纪80年代，北京的人文社出版一套“中国现代作家选集丛书”，从鲁迅、郭沫若、茅盾、巴金、老舍、曹禺开始一路编下来，总共出版50种。当时的香港三联对此选题有兴趣，特地派人来京洽谈，将这一大套书的版权引入香港，重新出版繁体字版。这种气魄，90年代以后就不可能再有了。再如董秀玉女士在香港三联做总经理时，曾策划过一套“西方文化丛书”，从80年代末

三部关于香港行业百年史的著作

开始出版，到 90 年代初期结束。这套书由高宣扬主编，内容主要是对西方哲学、社会科学的各种前沿学术思想的评介，总共也有 30 ～ 40 种。我查阅了香港三联的销售记录，在 1988 年前后，这套书的首批起印数是 2000 册，而且基本售罄；一两年后，书的起印数就降低到 1500 册，销售状况勉强可以接受；到 1993 年出版最后几本时，只印 1000 册，而且最终只销售 500 册左右，亏损不可避免。这时董总已经离开香港回北京了，从此没有人再敢继续出版这套书。香港学术出版的困境，于此可见一斑。

在这种情况下，我们觉得香港三联要发展，必须把功夫下在文化上。文化是有地域特点的，抓住了这个特点，就可以赢得一大批读者。同时，作为一间出版社，要站稳脚跟，其品牌必须被读者认可，因此香港三联应该倾力打造地域性的文化品牌。廖承志同志曾对香港三联有这样的指示："立足香港，背靠大陆，联络台湾，放眼世界。"意思是要我们发挥特殊的地域和政治人文环境优势，起到特殊的重要作用。这几条三联的几代人是一直都在落实的，但说来容易做来难，拿"立足香港"来说，由于20世纪50年代到70年代，三联在香港长期作为一间书店，以销售内地版图书为主，虽有一部分自主出版，也大多是翻印内地版图书，所以总是被人作为内地出版界的窗口。改革开放后，很长一段时间，出版策划也是跟着内地的潮流走。内地掀起什么热，内地读者追读什么，它也出版什么书。因而它扎在香港本土上的根，一直都不深。台湾三民书局董事长刘振强先生和我讲过，1988年他到香港寻求图书发行方面的合作伙伴，找到三联书店，隔着玻璃看到书店内沿墙的书架上摆的都是马克思、列宁和毛泽东的著作，吓得他没敢进门。后来他见到了刚刚上任的香港三联总经理董秀玉，经过交谈，才改变了对三联的印象。很显然，如果三联给人这样的印象，那么肯定不会得到大多数港人的认同。三联必须本地化。所以，从20世纪80年代后期一直到今天，凡是主持出版社业务工作的领导都意识到必须大力发展本地原创选题。我在香港工作的8年间，始终把两部分选题作为重点，一是香港专题，二是内地专题。这是每年必须有足够数量的高品质图书做保证的。据一向关心三联的前辈出版人蓝真先生统计，截止到我离开香港前的2004年年底，三联出版的有关香港历史、文化、经济、政治、法律、文学、艺术等各类图书400多种，其数量为香港各家出版社之最，有些著作介入香港时政，不少图书反映香港社会民生，而文化类型的图文并茂的书所占比例最大，从香港的电影、戏剧（粤剧）、文学、绘画、建筑、流行音乐，到香港的街道、老房子、电车、巴士、邮票、明信片、钱币，无所不有。蓝先生曾经激动地给我打电话，说现在如果有人要研究香港，不读三联的书是不行的。三联走这样的路就对了。

四

开发新板块

三联要迅速发展，增加品种，开发什么新板块，选题从何处来？我们着眼于文化普及和知识传播，所以利用原有的副牌“南粤出版社”出版了一些养生保健类图书，又登记注册了“智能教育出版社”，出版了一些学生课外读物和语言学习类图书。当然，最能显示三联特色的是图文书。20世纪90年代以后，随着电脑技术的进步，图文书的出版成为世界潮流。国外一些大公司乘势崛起，其中最有代表性的就是DK。整个西方世界，在图文书的策划和设计方面，较之中国，显然要领先一大步。所以香港三联要做图文书，只能把目光转向西方。我们从90年代中期开始，每年都派负责版权的编辑参加法兰克福书展，洽谈购买版权，以图文书为主，也包括一些篇幅短小的文化类、话题性图书。在我主持香港三联编辑业务的那些年，法兰克福成为我们选题的重要补给线。每年都必须带回50～60个选题，以应第二年编辑出版之需。这对买版权的编辑而言压力自然是很大的。那位年年跑法兰克福的编辑陆咏笑，英文好，书感也好，很懂得三联适合做什么样的书，因此我们配合很默契。我自己在 8 年中也 3 次到法兰克福参加书展，在那里逗留四五天，基本上没有时间游览，全部时间都用来物色选题，白天看样书，晚上和陆咏笑等人一起讨论。在会展中心专门展示英文图书的 8 号馆里，我们对每一通道两旁的书架进行地毯式搜索，一般会走两个来回，路程有几十公里。赵斌有这方面的经验，他曾建议我们，去的时候要穿一双旧皮鞋，因为几天下来，鞋就走烂了，然后可以到德国的商店里买一双新皮鞋穿回来，说是德国的皮鞋质量特好。我们这样辛苦地发掘选题，当然收获良多。几年中三联从法兰克福买回版权的精彩图书，包括英国 Ivy Press 的“速成读本丛书”14 种，“把握关键丛书”7 种，法国 Hachette“灯塔丛书”30 种，以及英国 Kogan Page 的“管理精要丛书”10 种等等，这些书不仅在香港地区都很受欢迎，而且还都由我们向中国内地转让了中文简体字版权。

购买国外版权，当然就要解决翻译问题。但是在香港找翻译很困难。我们知道，翻译的水平高低，在透彻理解外文的前提下，取决于译者的中文表达能力。港人虽然大多从小接受英语教育，英语理解力很强，但是因为他们普遍中文基础不佳，所以并不擅长文字翻译。何况，香港的人工成本很高，好的翻译并非没有，但是我们雇用不起。这时我就需要向内地求援。我深深感到，我的内地背景对于自己在香港工作也是一种优势。特别是我在人文社当编辑 14 年，给我带来的资源实在太多了。我工作上遇到困难，通常打一个电话到人文社，找自己的老朋友帮忙，马上就能搞定。比如需要介绍内地作者，需要请人帮助编书，需要把书拿到内地排版校对等等。当然，需要找图书的译者也是如此。人文社的老朋友不仅给我引荐了多位内地的知名翻译家，包括香港缺少的德文、法文翻译家，而且他们自己也常常亲自披挂上阵。比如老编辑——曾经获得过“中美文化交流奖”的翻译家胡允桓，曾经翻译过《莎士比亚作品集》的翻译家苏福忠，曾经翻译过《哈利·波特》的翻译家马爱农，都曾为香港三联译过书。他们翻译作品文字清通，质量很高，速度又快，为我把一批翻译书作为“短平快”的品种及时推向市场起了关键作用。

然而也有不顺利的时候。有一次三联的版权编辑在

"速成读本丛书"部分图书

香港三联出版的"把握关键丛书"

法兰克福发现了一套英语读物，题为“外国人”系列。一共4种，分别是《美国人》《德国人》《法国人》《日本人》。这套书的内容，是以犀利的文笔分析和研究这几个国家的人显示了何种文化性格，语言幽默风趣，读来很有味道。它每一本的文字都很少，译成中文只有两三万字。我想，如果只是翻译出版，那么书可能就太薄了。但是，这样的书很适合做成英汉对照本。因为它的英文一流，甚至堪比教材。如果做成英汉对照的版本，既扩充了篇幅，又扩大了书的使用功能，可谓两利。于是我分头联系内地的几位翻译家，请他们迅速将书译出。

这套小书出版后，很受读者欢迎。但是没过多久，我收到一封邮件，打开一看，里面是一本《日本人》，正是“外国人”系列之一。书后附信一封，内容是对这本书的翻译质量的投诉，举出不少例子，被认为是翻译中的硬伤。我看了这位读者的信，不用再深入研究，已经可以判断问题的严重性，顿时感到头大。我立刻找来英文最好的编辑陆咏笑，请她对这本书进行全面的校改。然后通知发行部门，将已经发货的几千本《日本人》全数召回销毁。同时我给来信的读者复信一封，表示歉意，并承诺退还购书款。我之所以这样做，是因为我不希望这件事演变成一个公众事件，为三联带来负面影响。

其实，《日本人》的译者在内地是一位相当知名的翻译家，他曾为我们翻译过多种图书，质量都不错。但这本书，由于作者行文风格独特，文字飘逸灵活，不仅翻译不易把握，而且易生歧义。这纯粹是一个偶然事件，但这件事为我敲响了警钟。我感到，对于一家品牌出版社来说，出版质量是它的声誉的基本保证。像《日本人》的翻译质量问题，如果发生在一家普通的出版社，可能读者根本不会在意，更不会写信提出质疑，因为“无错不成书”，同类情况在出版界并不少见。香港的作者绝不会为了退回几十元书款和出版社计较的。但是问题发生在香港三联这样一家著名的品牌出版社里，读者便感到不可接受。他们对三联的要求更高，这是理所当然的。甚至，从心理上分析，一些读者愿意挑战类似三联的品牌出版社，是因为这样可以证实自己的能力和水平，而我们所做的英汉对照，正好给他们提供了挑战的机会。所以此后，我吸取教训，在编辑翻译稿件时，要求编辑更加谨慎。

我在三联做的各类图书中，有一种很特殊，就是语文教材。说来这也是一个新的板块。三联原本是一家出

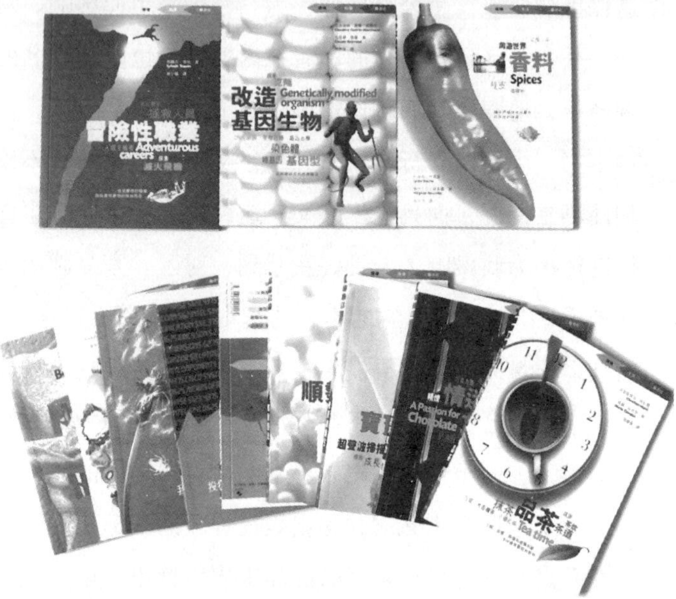

冒險性職業
Adventurous careers
改造基因生物
Genetically modified organism
香料
Spices
A Passion for Chocolate
品茶
Tea time

"灯塔丛书"部分图书

版人文社科类图书的出版机构，从来没有做过教材。在香港，做教材的出版社很多，有些虽然知名度不高，但是一家家都资金充足，实力雄厚，专业资质非寻常可比。这是因为香港市场狭小，竞争激烈，做出成套教材就像押宝，先要经过教育署审批，然后还要通过竞标争取赢得较多的学校采用，如果竞标成功，出版社就春风得意，过舒服的日子；但是如果哪一年竞标失败，那出版社的业务恐怕就难以为继了。所以一向缺乏教材出版经验的三联，是不大可能参与教材竞标大战的。专业市场水深，不能轻易蹚，这一点我们早知道。

然而，我们遇到的是一种另类的教科书。这就是国际学校的语文教材，它是专门针对非华裔学生学习汉语的教科书，书名是《轻松学汉语》，作者是两位国际学校的女教师马亚敏和李新颖。

记得最早是三联的副总编陈翠玲向我推荐这套书稿的。她拿来作者用彩色打印机打出的样稿，令我第一眼就感到非常亲切。这是因为作者对于这套教材的成书早有系统的想法，她们完成书稿后便自己联系了上海的画家，为书稿插入了大量活泼可爱的卡通插图。她们甚至懂得图书的装帧设计，在样稿上把图文互动的效果呈现得非常突出，令人有耳目一新之感。我约两位作者见面，发现她们都是内地人，先在英国留学，然后在香港地区定居，长期担任香港国际学校的语文教员，都已有十几年的教学经验。特别是马亚敏，当时在对外汉语教学领域已经小有名气，常常发表研究论文，并在相关国际研讨会上演讲。她们之所以要编写这样一套覆盖国际学校中的从小学到高中阶段的全部语文课程，一共 16 册的汉语教材，是因为她们现在使用的教材，无论是内容还是设计和印制，都令她们不满意。她们研究了英国、美国、澳大利亚的同类汉语教材，从中吸取了听说读写训练的方法，并根据她们自己掌握的非华裔学生学习汉语的特点选择实用的对话和简短的文章，注重培养学生用流利、准确的汉语进行交流的能力。她们现在已经开始在自己的学校里，按照自己的教材授课，学生和家长的反映甚佳，所以她们对这套书的出版非常自信。

然而，国际学校的市场有多大？香港一共有多少非华裔学生需要学习汉语？针对这样一个狭小的人群，出版一套投资颇大的教材（16 开全彩精印，16 册），且要长期维持，是否合适？这曾经让我有些犹豫。但这套书对我又有诱惑力，因为它的独特素质，它在内容和形式上的与众不同，作为教材，它那种非同一般的精致、美观和富有情趣，都让我不舍得放弃。这是大事，我不能独自决定。与赵斌、陈翠玲商量，大家都想试一试。然而讨论出版合约时，两位作者开出的签约条件偏高。她们对于版税的要求明显高于三联的一般图书。开始我们谈不拢，因为这是一种破格待遇，而她们并不是名家，她们的书是否有很好的销量也未可预知，在这种情况下破格，她们需要给我一个理由。但是她们和我长谈，娓娓讲述了自己在这套书中全情投入所付出的辛苦，讲出了许多感人的故事，我被她们感动，于是接受她们的条件。

我最初并没有料到，这套书第一批 16 种出版后便被多家香港国际学校采用，因为这是香港本地出版的唯一一套在内容与形式上与国际接轨的非华裔学生汉语教材。紧接着，北美、英国、澳大利亚的汉语学校纷纷发函来订货，境外市场的需求甚至大于香港本地，于是冷门书变成了热门书。后来两位作者又编写了一套《轻松学汉语》的幼儿版，还补充编写了多本练习册。我离开香港以后，她们一直在与香港三联合作，继续编写和出版这套书，使整套教材和配套读物有四五十种。2006年以后，北京语言大学出版社还将这套书引进中国内地，出版了简体字版。

前两年，我到香港三联和老同事们聊天，问到他们的经营情况。对方告诉我，在《轻松学汉语》带动下，现在汉语学习的图书板块，已经成为香港三联的经济支柱和利润来源之一。这令我感到十分快慰，同时心生感慨。我觉得这件事说明了一个道理，就是在市场十分狭小的条件下，如果你的出版物针对性强，并且具有一流的品质，被市场乐于接受，那么它的生存空间仍然是足够的。我想起自己读过的一本经济管理学著作，名为《蓝海战略》，书中讲企业的投资，不必去热门领域的“红海”竞争，而应该把目光投向无人问津的“蓝海”。我现在才意识到，三联当年冒险投资进入的非华裔学生汉语教学领域，尽管很小，但竟然就是这样一片“蓝海”。

五

原创画册和图文书

那些年，原创画册和图文书也是我们选题开发的重点之一。自 20 世纪 80 年代以来，香港三联陆续出版了多种精美的画册，在国际图书市场上形成一定影响力。如王世襄先生的《明式家具珍赏》和《明式家具研究》两本巨著，不仅奠定了王先生本人在文物研究领域的权威地位，而且极大地引起了西方人士对中国古典家具的兴趣，从此明清红木家具成为万众追逐的收藏热门。这两本书都有英、法、德、日等不同语种的翻译版本，可以作为中国文化成功“走出去”的例证。而香港三联出版顾景舟主编的《宜兴紫砂珍赏》、陈从周主编的《中国厅堂》、阮仪三主编的《江南古镇》，也都曾产生很大影响。特别是编辑李安策划的反映粤剧戏班“仙凤鸣”历史的画册《姹紫嫣红开遍》，因为粤剧在香港票友甚众，所以出版后几乎洛阳纸贵，而她编辑的另一些怀旧题材画册，如《香港明信片精选 1940's–1970's》《香港电车》

等，既叫好又叫座，先畅销，再获奖。李安是一位书感好且极其勤奋的编辑，时值世纪之交，她还独自编辑了几本图文并茂的行业百年史，如《香港金融业百年》《香港地产业百年》《香港影视业百年》和介绍香港最大家族电影企业的“邵氏光影系列”6册，每一本的分量都很重。

在图文书制作方面，香港三联与内地相比是走在前面的。他们从20世纪90年代初期就开始利用电脑排版制作彩色图文书，编排技术早已相当成熟。拿我在香港回归前夕编辑的《“一国两制”知多少》来说，它的内容不过是对一些政策性问题的解答，若是在北京出版，那可能就是一本只有白纸黑字的简易小册子，但在这里，我们插入了100多幅彩色插图，使每个对开的页面都有一幅和内容相关的照片，用铜版纸全彩印刷，做得非常精致。这本小书在狭小的香港市场居然卖出两万多本，我想和它的制作形式不无关系。

特别值得说一说的图文书是赵广超的作品系列。

赵广超是香港理工大学的教师，他的专业是平面设计，但爱好中国文化，尤其喜爱中国古代建筑和绘画艺术。

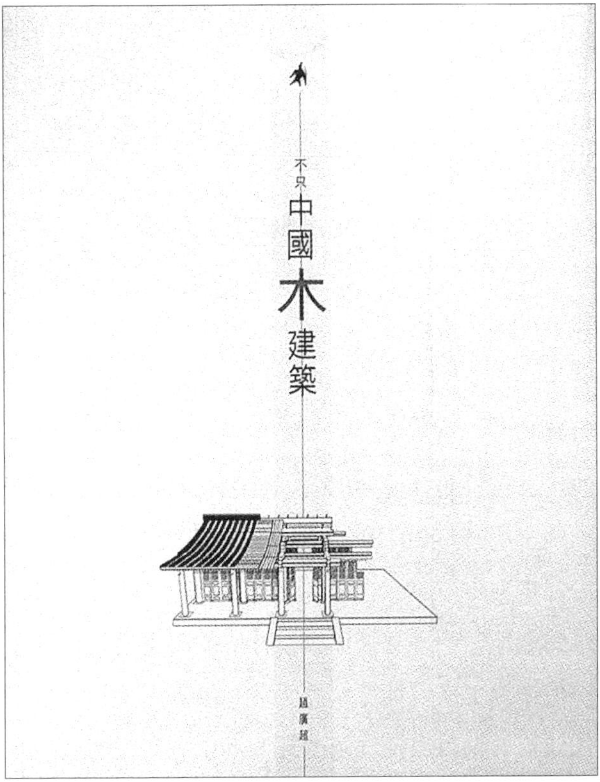

《不只中国木建筑》封面

过去，赵广超从来没有在三联出过书，与我们也从无联系。大约是1999年春天，三联编辑沈怡菁对我说，有位名叫赵广超的作者想和我通电话。我接起电话，赵广超便毛遂自荐，说自己写了一本书，书名为《不只中国木建筑》，是有关中国古典建筑的随笔集，为了不受题材的局限，他除了讨论木建筑以外，还会说一点其他的相关问题，所以才用了"不只……"这样的书名。我当时想，他并非专业人士，写这样一部专业题材的著作，能写好吗？心里不免有疑问。但是赵广超不由分说，问我的传真机号码，说要把稿子传给我看看。于是接下来的一两个小时，我的传真机响个不停，稿子一页页传来，最后把机器中厚厚一沓纸都用光了。我一看那稿子，顿时感到震惊，原来那是已经设计好的图文书版样，作者利用他作为平面设计专家的优势，绘制了大量有关中国古代建筑的精致白描线条图插入其中。在此之前，有关建筑的图文书，我见过插入照片的、插入解析建筑结构的透视图的，但是从没有见过这种插图，它可以非常精确地反映古代建筑的形制特点，笔调清新，风格淡雅，令人一见倾心，爱不释手。编辑沈怡菁是擅长制作艺术类图文书的，她看稿后也拍案叫绝，说赵广超的文字写得很棒，书名虽然另类，但是内容相当严谨，表明作者对于中国建筑史是有深入研究的。这样我们立刻决定把它作为重点书，尽快安排出版。

这本书的出版，在装帧设计上作者帮了大忙。令人耳目一新的设计由赵广超自己提供，我们只进行编辑校对，做一些基本的出版和营销策划。出版后，这本题材和装帧设计都针对高端读者的小众图书，定价达到200港元一册，在市场上却大受欢迎，短期内销售一空，接着连连再版，成了香港的畅销书。

接着，赵广超趁热打铁，又连续做了几本形式类似的图文书——《笔纸中国画》《笔记〈清明上河图〉》《大故宫》等，每一本都有所轰动。特别是《笔记〈清明上河图〉》，更加别致。赵广超把它做成两个册页，放在同一个函套里。一个册页是等比例缩小的《清明上河图》原作，另一个册页则是对《清明上河图》的解读，其办法还是利用电脑制作的白描线条图将原作中的个别场景抽取出来，然后加以介绍和评析。两个册页都可以拉开，供读者对照阅读。作者不仅从艺术的角度点评，而且进行历史和民俗方面的解说，讲出绘画背后的故事。全书从头至尾一部分一部分细致地解读《清明上河图》，

三联为《笔记〈清明上河图〉》制作的海报

类似老师在课堂上讲课，采用的是回到历史场景中去的方式，而白描线条图又将历史场景复现得格外清晰。这种著作，真是中国绘画史研究中没有出现过的，也是离开了现代的电脑设备便做不出的。我看了觉得新奇，但又担心自己的评价不够专业，于是将书稿寄给中国美术学院美术史教授任道斌先生，任先生同样拍案称奇，给予了极高的评价，写了热情洋溢的推荐意见。于是我们将这本书在香港隆重出版，后来，我到北京工作以后，还将《笔记〈清明上河图〉》和《不只中国木建筑》介绍给生活·读书·新知三联书店，在内地出版两本书的简体字版本。

从赵广超的作品编辑中，我有了两个感悟，一是读者对于图书形式的喜爱和追求，有时超过对于内容的需要；二是图书以精准定位充分满足小众需求，所开发出的市场潜力其实是巨大的。争取小众中的大众，胜过关注大众中的小众。

另一套有影响的图文书，是“作家与故乡丛书”，这套书的策划也是得之偶然。一天，三联的编辑沈怡菁告诉我，她到珠海去，认识了一位女摄影家，名叫卓雅，此人痴迷于沈从文，她细心研读沈从文的作品之后，便

“作家与故乡丛书”部分图书

到沈从文的湘西老家，拍摄沈从文作品中的场景，不忽略一草一木和一切细节。她家里有一个电冰箱，是专门用来存放照相的反转片的。从她的大量照片里面挑选，若要编一本《沈从文的湘西》易如反掌，甚至有大量的图片可以和沈从文对家乡描写的文字一一对应。我听了甚喜，决定出版此书。但是，如果只出这样一本，似乎单调了些，难以引起读者注意，而且也不便于促销。于是我想再组织几本同类书，编成一套。所谓同类书，就是名作家写自己的故乡的散文随笔或小说，再配上摄影家的艺术性照片做插图。正好，我认识两位喜欢拍摄乡土民居的摄影家，一位是北京人沈继光，他过去就出版过有关北京胡同的明信片集；另一位是上海人陆宗寅，他的照片大量用在多本江南旅游书中。于是我确定了丛书选目，选定了作家和作品，然后请沈继光为《老舍的北京》和林海音的《城南旧事》配图，请陆宗寅为《鲁迅的绍兴》《郁达夫的杭州》、茅盾的《林家铺子》、丰子恺的《缘缘堂随笔》和《王安忆的上海》配插图，冯骥才和香港作家也斯是摄影家，我请他们自己编了《冯骥才的天津》和《也斯的香港》（后来在北京出版时又增加了陆宗寅插图的《胡适的绩溪》）。这样一套书 10 本推出，采用铜版纸，反复校色后双色精印，印刷效果不亚于画册，令人惊喜。这套书获得众人好评，北京的当代中国出版社当即购买内地版权，并委托我在深圳按照港版原样印制 1 万套。10 年以后，我在北京重新组建三联生活书店时，当当网的总裁李国庆见到我还说，当年你做的那套“作家与故乡”多好呀，怎么绝版了呢？如果你重新出版这套书，我可以包销。于是我在生活书店策划的第一批选题中，就列入了这套书，当当网上书店果然包销了 8000 套。不过要说明的是，虽然生活书店版的“作家与故乡丛书”整体质量不错，也受到不少好评，我的老领导杨牧之先生还特地打电话来表示祝贺，但是和香港版相比，由于它采用的是纯质纸而非铜版纸，印刷效果便有所逊色。看版样时，我和设计师反复调整双色色标，也无济于事。这是一个小小的遗憾。

六

有关图片使用权的故事

做图文书，使用图片的版权需要特别谨慎。和内地不同，港台出版业的版权管理同国际接轨，十分规范和严格。使用他人享有版权的照片，不经授权，一旦被发现，定要承担赔偿责任，有时惩罚相当严厉，小型出版社可能为了几张侵权照片而倾家荡产。我曾听说有一家台湾出版社侵权使用了境外某大型出版社的一张照片，被告上法庭，判决结果是侵权的出版社需要赔偿 100 万台币（人民币约 20 万）。所以在香港，没有版权的照片一律不能使用。当然，这个概念我也是逐渐形成的，而且有过教训。

2001 年，我们创办智能教育出版社作为三联的副牌，需要组织出版一些学生课外读物。我注意到内地一家出版社出了一套著名历史学家白寿彝主编的《学生彩图版中国通史》（全 10 册），图文并茂，通俗易读，制作也很精致，很适合推荐给香港的中小学生。于是我联系内地这家出版社商洽版权，很快就签订了合同。双方合作顺利，他们直接提供排好的图书版式，我们将简体字置换成繁体字，很容易就出书了。为了配合销售，我们特地赶在2002年春节前夕出版，定价380港元，首印3000套，腊月二十五、二十六上市，供应香港各大书店。大年三十，我急忙查电脑，联网显示的数字表明，这是一套热销书。正高兴间，我突然接到香港商务印书馆一位副总编的电话，他告诉我，商务的20来家门市书店已经将这套书下架了，原因是书中的部分照片侵犯了商务的版权。我知道，过去许多年中香港商务印书馆曾经组织人力到内地拍摄博物馆文物，出版了不少画册。但是如何证明我们这套图文书里面的图片就是侵权的呢？那位副总编说，这10本书里面包括将近2000张照片，我们一一核对过，其中有208幅取自商务已经出版的画册。照片的拍摄环境、拍摄角度，特别是采用的灯光都可以证明照片的版权。一件文物上面在什么位置有几个灯光的反光点，这是不会重复的。只要两张图一对照就可以确认。我听了大吃一惊，连忙说我要向内地出版社询问。

大年三十，找人很困难，几经辗转，我找到那家出版社的社长，他大概是正在吃年夜饭。我把香港商务投诉的事情一说，他竟然立刻承认，他们的确用过商务几本画册里面的照片。他对于版权如此没有概念，令我吃惊。我没好气地说，那你就考虑赔偿吧，连香港商务的损失和香港三联的损失都要赔。咱们过了年再具体商量。

因为这事情烦心，我过年没有过好，茶饭无心。香港过年只放 3 天假，年初四，按例三联领导要给员工拜年，联合出版集团也要团拜。一大早，此时仍然兼任三联总经理的赵斌开车到我家楼下，接我一同上班。其实我从来都是自己坐地铁上班的。他专门来接我，自然是有事要在路上说。我一上车，他就极其严肃地问我图片侵权的事情准备如何处理。按照香港规矩，我们的书要收回销毁，损失是注定不可避免的。我说，书暂时收回可以，但是不必销毁吧？商务印书馆是咱们的兄弟公司，我们和他们总可以协商解决吧？这件事我来协调。赵斌问，你需要多少时间？我说 3 天吧。他说，那就给你 3 天时间，如果你 3 天内不能解决，我就把所有的侵权书销毁。

于是我先给商务印书馆的总经理写了一封致歉信，承认侵权过失并说明原因，此系香港三联的无心之过，请求谅解。我在信中提出几个解决办法：第一，三联收回所有图书，在库里封存，待版权问题解决之后再做处理；第二，请商务开列侵权图片清单并出示证据，由三联与内地出版社协商赔偿事宜；第三，请商务开具图片版权索赔价格，包括港版和内地版的两个索赔价格；第四，三联承诺妥善解决侵权事宜并承担香港版本侵权的法律责任。

当天晚上的集团团拜会上，我见到商务印书馆的总经理，他拍拍我的肩膀，说："你的信我收到了，咱们好商量。"

商务开出的索赔标准，是三联繁体字版，每张照片赔偿 200 港元；内地简体字版，每张照片赔偿 600 港元。208 幅照片，总共需要赔偿 16 万多港元，均由内地那家出版社承担。为此，我找了国家新闻出版署一位领导，请他向那家内地出版社打招呼，一定要妥善处理此事。内地那家出版社毕竟是明事理的，二话没说，就接受了商务的条件，很快做出了赔偿。于是三联压在库房里的书又重新开始发行。

这件事对我而言教训很深刻。我意识到要在香港做图文书，出版社自己必须建有图片库。在这方面，香港三联的底子太薄弱，和香港商务相比差距太大。想要迎头赶上很难，但是该做的事情必须要做，就得立即着手做，哪怕是土法上马也要做。我开始设法搜集图片。主要有几个来源，一是我看到香港凤凰卫视出版过一套10卷本的《中国古代文明大图典》，里面有大量高清晰度图片可以为我所用。我联系了他们的负责人周志兴先生，借来了此书全部的照片底片，从中精选了一两千张中国古代文化相关照片进行扫描，按照每张50元港币的价格，购买了它们在三联的永久使用权。然后，我又在各地的书店里购买了一些收录专供书刊使用图片的光盘，补充到三联的图片库里。除此之外，我还亲自动手去拍摄照片。我的摄影技术是不错的，15岁开始摆弄相机，在武汉大学上学时，还担任过学生摄影社的社长。所照的照片，虽然不能说达到专业水平，至少比起一般摄影爱好者还是要略高一筹的。我利用到内地和台湾探亲、出差的机会，并利用在香港的假期，跑遍了香港、台北和北京、上海、南京、广州、郑州、武汉、洛阳等城市的各种大大小小的博物馆，拍摄了5000～6000张中国文物照片。那时我用的数码相机只有400万像素，去博物馆摄影也只能隔着展柜玻璃，所拍摄的照片达不到制作画册的水准，但是制作图文书（包括彩色图文书）则是一点问题没有。我把这些照片都归入香港三联的图片库，让他们敞开使用。为了这些图片，我花费了不少时间和精力，因为每一张图片下面都要写说明，在博物馆拍摄时，要么当场拿笔记，要么把图片说明拍摄下来，回家再整理，总之非常费时。但是，这样做很值得。

这里就需要提到另外两部书。首先是《彩图版中华文明史》6卷本。本来，香港三联在20世纪90年代初期曾经出版过一本《中华文明史话》，作者郭伯南是中国外文事业管理局的一位专家，他非常了解港台华人的需求，撰写的著作亲切好读。这本书在三联曾经很畅销，但是现在进入了读图时代，而这本著作中插图只有寥寥几幅，且系黑白图，制作效果不理想，所以书已经卖不动了。同时对我们来说，《学生彩图版中国通史》3000册销售一空以后，为了尊重商务的版权，我们没有重印。此时三联很需要一套通史类的图文书作为替代品种。应该承认，在商务图片被侵权事件中，我是栽了跟头的，我知道自己从哪里跌倒就应该从哪里爬起来。于是我决定利用三联的图片库，为郭伯南的著作配图，出版《彩图版中华文明史》6卷本。这套书在2003年重新出版，全彩印刷并附赠光盘，精致、美观、庄重、大气，令读者眼前一亮。全套书中插入彩色照片 2000 多幅，其中至少有 1000 幅是我自己拍摄的。出版后，我曾对它爱不释手，把它作为珍贵礼品，赠送给几位家里有大学生、中学生的朋友。不仅因为书好，而且因为书中倾注了我太多的心血。

还有一部书是插图本《中国历史年代简表》。前面说过，到香港后，我经常在电脑上浏览图书市场信息，并从中找到选题的方向。我注意到，每到开学的季节，便有一本来自内地的《中国历史年代简表》热销。这表明此书在学生中有相当稳定的销路，具有教学用书或工具书的性质。我把这本书找来一看，发现内地出版社做得太简陋了。内容包括两部分，一是“年代简表”，二是“年号通检”，采用表格式设计，将开天辟地以来直至民国建立的漫长历史，以公元纪年和中国历史纪年相对照，特别是对公元前 841 年以后有确切考证的中国历史纪年，按照历史各朝代的顺序，列出皇帝的称号、姓名、所使用的年号和每年的干支，以此和公元纪年做逐年对照。这样一本书，无非小开本、小册子、纯文字，毫无设计可言，而且用料和制作工艺都非常一般化，于是我

《彩图版中华文明史》6卷本函套封面，这只狮子也是我的摄影作品

便动了将它改造成插图本的念头。我联系了那家内地出版社，取得了文字版权，图片当然就用我自己的摄影。我挑选了大约220幅中国珍贵文物图片，仍是以历史朝代为线索，将它们按时序插入其中，使之图文并茂，图史互现，让读者在查阅历史信息的同时，从文物图片上，顺便获得一些直观的历史概念和知识。这本设计和制作精美的书，自然要比过去热销的纯文字版《中国历史年代简表》更受欢迎，出版后就连续重印过几次。在这本书封面上，作为全部插图的摄影者，我署名"子夜"。这是我过去写文章曾用过的笔名。记得20世纪90年代初，北京的《中国文化报》约我写随笔的专栏，需要一个笔名。我打电话和杨义商量，他说，反正你的文章也都是半夜写的，就叫"子夜"吧。遂有此名。不过，因为专栏没有维持多久，这个笔名也没用过几次，在图书中正式作为作者署名，也只有这一回。

要说明的是，无论署名不署名，我的照片提供给三联做书，都是免费的。我没有为了照片向三联索取过一分钱稿费，因为能把图文书做成，我已经感到十分满足。

说到图片侵权纠纷，还有一事值得一记。2003年，我们接到了一封来自辽宁的律师信，内容是就三联

《中国历史年代简表》

1992 年出版的画册《宜兴紫砂珍赏》中部分图片的使用权问题提出交涉。信中说，三联的这本图册使用了内地某摄影家拍摄的紫砂壶艺术图片 73 幅（附有图片清单，声称作者保存了所有图片的底片，可以核对），从未向作者支付报酬，现在作者要求三联除了按正常标准补偿稿费以外，还要承担稿费标准 3 ～ 5 倍的违约赔偿责任。他们根据作者的照片在别处发表时获得稿费的数额，再乘以 3 ～ 5 倍，最后计算出三联需要向作者偿付 83 万港元，声言三联如不在规定日期付款，他们就打官司。我看了信，一时有些发愤。这本画册一共印制 2000 册，它的全部制作成本和稿费成本加在一起也不足 83 万元！这不是敲诈吗？但是，如果我们图册中的照片底片在人家手里，那可就说不清楚了。我百思不得其解，只能向三联的当事人查询。我找到了这本图册的设计师宁成春（其时已经回到北京三联）和当时三联的美术编辑黎锦荣（也早已离开香港三联），让他们回忆这本书的制作出版经过。

原来，这本大书是当时的香港三联总经理董秀玉向宜兴紫砂大师顾景舟先生约稿，达成了出版协议。顾先生在宜兴有一个紫砂研究所，那里有研究人员，但没有专业摄影师。有一个外地来的年轻人喜欢紫砂工艺，又懂摄影，就常常和研究所的人待在一起，不时也拍些照片，但是他的照片不成系统，不能供画册使用。为此，三联设计师宁成春和美编黎锦荣先后两次到宜兴，带着全套的专业摄影器材（包括灯光和布景工具），专程去拍摄那些珍贵的紫砂作品。那个外地年轻人是个自来熟，见到三联的两个人去摄影，也总是拿着自己的相机追随左右。拍照时，黎锦荣布置好摄影台，打好灯光，每摆上一件紫砂作品，自己就会拍摄一张，然后那个年轻人也便站到同一位置拍摄一张。这样，同一只紫砂壶，同一角度、同样距离、同样光线下的照片，两个人都会有。那个年轻人就是今天委托律师向三联交涉版权的人。当然，他可以拿出足够的照片底片，作为他拥有图片版权的证据，但是外人不知，此底片其实并非彼底片。

接下来的问题是，他有证据，我们也有吗？我急忙让行政处的秘书到香港三联的档案库里查找。两天以后，他们给我送来一个蒙着尘土的扁平大纸盒，盒子外面写着“《宜兴紫砂珍赏》照片底片”，盒子里面有几十个小格子，每个格子里都放着厚厚一沓小纸袋，每只小纸袋里都有一张照片底片。见此，我如释重负，又极为感叹：十多年前的旧物，竟然保管得这样井井有条。

我给辽宁的律师回了信，讲了上述故事。从此对方没有了回音。

由此，我深切感受到出版社书稿档案保存和管理的重要性。它不仅是出版工作的历史记录，而且在特定情形下，还可能作为法庭上的证据。

七

在深井中游泳的感悟

总而言之，我在香港的8年，作为一个出版人，是一个学习、锻炼和提高的过程。我觉得自己是在香港成熟起来的。无论是文化理想，还是经营理念，在这一时期都变得十分明确。当然工作是辛苦的，压力是巨大的，为此消耗了很多精力，常有夜不成眠或者梦中惊醒的时候。所以我曾经有个感慨，说自己到香港做出版是在深井里游泳，天地非常小，存活很不容易，水又深又冷，非得练得身怀绝技不可。然而，工作也是愉快的，香港的工作环境中人际关系极其简单，没有内地企业中那么多互相掣肘的因素，企业员工非常珍惜自己的岗位，工作敬业，服从领导。所以我作为出版社的领导，自己说了算（我到港3年后改任执行总编辑，后来又担任总编辑，根据三联内部分工，除了较大的业务项目以外，一般编辑出版事务由我独立决定，8年中集团领导赵斌和曾协泰先后兼任三联总经理，他们对我都极为信赖和支持），不受各种干扰，干事情很痛快，效率很高。当然，在这种情况下，如果做不成事，或者把事情办砸了，那也怪不得别人，只能怨自己。

在港 8 年，我每年回北京时都会回到自己的“老家”人文社坐一坐，会会老朋友。大约是 2002 年，刘玉山担任人文社社长，我去表示祝贺，同他聊天。他问我，你对自己调回北京工作如何看？当时，人文社老领导屠岸先生已经向新闻出版总署推荐过我，希望尽快把我调回人文社，充实社领导班子。

我没有直接回答他。因为刘是搞文学的，所以我讲了三个文学幻象。

我说，这些年来，我的脑子里常常闪现三个幻象，它们给我的意念是彼此矛盾的。第一个幻象是小孩子搭积木，已经搭得很高了，每加一块，都担心是不是会倒下来，但是仍然忍不住要往上加；第二个幻象是小孩子骑自行车，车闸失灵，无法停下，不能下车，于是只能左一下右一下蹬车保持平衡，就像电影《生死时速》的情景，前景凶多吉少；第三个幻象是小孩子放鞭炮，放了一个不太响，再放一个还是不够响，总想放一个响的，放一个惊天的，于是仍然止不住要继续放。

我解释说，前两个幻象，代表了我对当今时代港台出版业的悲观看法（当时台湾已经出现了小林一博所谓“出版大崩溃”），我恨不得早一点结束那里的工作，但是第三个幻象反映出我对自己没有做出突出的业绩，心有不甘。

刘玉山听了，对我报以苦笑。

2004年9月，根据内派干部轮换制度的规定，组织上和我谈话，准备于2005年春节前调我回京。这期间，香港三联的编辑蔡嘉苹（即女作家舒非）来找我聊天，问我感受如何。我当即找出苏轼的名词《定风波》给她看。这首词的原文如下：

莫听穿林打叶声，何妨吟啸且徐行。竹杖芒鞋轻胜马，谁怕？一蓑烟雨任平生。料峭春风吹酒醒，微冷，山头斜照却相迎。回首向来萧瑟处，归去，也无风雨也无晴。

我对舒非说，这首词结尾的意境，可以形容我此时的心情。“回首向来萧瑟处，归去”，对我来说，既没有惊喜，也没有失落。

《中国文化导读》出版座谈会（2006）

登门拜访杨绛先生（2006）

与范用先生合影（2008）

与杨振宁先生一起看刚刚出版的《曙光集》（2008）

北京、上海、香港三家三联高峰会议合影（2010）

与王蒙先生在合肥（2010）

| 与陈来先生在清华大学（2011）

| 与资中筠先生合影（2011）

《金克木集》出版座谈会（2012）

看望周有光先生(2012）

三联创建80周年，北京、上海、香港三家三联的同事一起高唱《团结就是力量》(2012）

在家中修改《邓小平时代》书稿（2012）

我和樊希安（左一）与三联同事在一起（2012）

与吴敬琏先生在陈寅恪故居前留影（2012）

傅高义看到《邓小平时代》新书（2013）

看望曾彦修先生（2013）

与马识途先生在生活书店门前（2014）

闫纲、从维熙、吴泰昌在生活书店（2014）

下篇

北京三联 9 年

2005/2014

一

“地震”之后

北京三联书店外景

2005 年春节过后，我从香港返回北京，到中国出版集团报到。

其实，回来之前，我有多种选择。可以留在香港联合出版集团的深圳公司，那里的收入高一点；也有人介绍我到北京的另外两家出版社担任总经理或总编辑，那里任职的级别高一点。但是，我一心想的是加盟北京三联。临离开香港，香港三联的两位与我感情深厚的前辈蓝真先生和萧滋先生都叮嘱我一定要继续为三联服务。蓝真先生特地打电话向范用先生和三联老同志联谊会会长曹健飞先生介绍我的情况，说我是他带出来的，可靠。因为当时，北京的三联正处在领导班子人事变动的敏感期。

我是从人文社借调到香港的，所以集团领导征询我个人意见，是否回人文社。我表示自己在香港三联做了 8 年，已经形成了三联情结。如果允许我个人选择，我的首选是北京三联。集团党组做了研究，很快决定，任命我为生活 · 读书 · 新知三联书店副总经理兼副总编辑。

我是 3 月 31 日到北京三联报到的，4 月 1 日正式上班。那天党委书记张伟民带着我到编辑部和大家一一认识，然后按例让我讲几句话。我说得不多，只是自我介绍了一下，主要是强调两点： 一是我的座右铭。这是我每次履任新职的时候都要讲的，只是两句话：“知过能改，从善如流；与人为善，办事秉公。” 我解释说，我的水平和能力有限，工作中难免会有错误和过失，但是我会出于公心，努力学习和提高自己。二是我谈到香港三联和北京三联虽然同根同源，传统一脉相承，但是因为面对的市场不同，当今各自的出版定位和风格也有不同，所以我来了这里，首先要和北京三联 “对表”，把自己头脑中的出版思路校准，争取尽快适应这里的出版环境。我讲的都是真心话，在当时情况下，这些也都是必须申明的。但是，我在此时并没有谈到另外一层意思，就是北京三联在当前改革大潮中，也需要和时代“对表”。

北京三联有图书、期刊出版和书店三块业务，由不同的店领导分管。图书出版方面，当时有三个编辑室，分别以三联的三个老店名命名——生活编辑室，主要出版文化类图书；读书编辑室，主要出版学术著作；新知编辑室，主要出版科学、人文等知识类读物。我加盟以后，领导班子研究，决定增加一个综合编辑室，一是准备出版 LP 旅行指南，二是与相关文化公司合作，扩大三联的新书品种。讨论分工时，大家认为生活、读书、新知这三个主要的编辑部门应该统一归口管理而不宜拆散，最后决定交给我分管，令我受宠若惊。从这时开始，我在三联工作了9年，从副总编到总编辑，工作分工时有调整，随着后来三联的规模扩大，又增设了一些新的编辑部门，我也曾经兼管过其他业务，但是这三个部门（后来改为三个出版中心，继而又改为三个分社），一直由我分管，从未改变。

我来三联之前，这里刚刚发生过一场人所共知的“地震”。2004年9月，在三联任职刚两年的一位总经理被中国出版集团免职，原因是他急于创造经济效益，违规运作《读书》“公务员版”，并主持出版一批偏离三联传统的图书，引起三联一批中层干部和业务骨干的群起反对，造成巨大社会影响，学术文化界不少名人纷纷表态，连杨绛先生也撰文怀念三联“不官不商有书香”的传统。该总经理离职后，三联书店总经理职位长期空缺，由党委书记、副总经理张伟民主持工作。我刚来时，三联的副总经理、副总编辑加上张伟民一共5人，此外还有一位总经理助理参加领导班子工作。对于这个班子来说，下一步该如何发展，面临严峻考验。有了下台总经理的前车之鉴，做什么不做什么，如何选择，颇费神思，一时的确有些拿不定主意。万圣书园的总经理刘苏里应我们邀请参加了一次三联的选题讨论会，回去接受记者采访时就说，三联现在有 6 个领导，但是“六神无主”。不过，三联还是有自己的章法。无论如何，出书不能乱。三联需要发展，壮大规模，但是不能打游击战，不能天上一脚地上一脚地做，不能零打碎敲地做，而要集中力量做板块，打阵地战。这是三联自范用、沈昌文、董秀玉以来的一贯做法，已有成功经验可循。但是该拓展什么业务呢?

我们注意到，这场地震也使三联出版经营处于低谷。2004 年的出版总量甚至低于 20 世纪 90 年代末。发稿少，出书少，库存的选题也少。张伟民为首的领导班子意识到必须迅速把总量提升起来。但编辑部此时面临艰难选择。沿着传统思路发展是必要的，但选题必须创新（多出版一些平庸的图书对三联只有负面意义），这对编辑部的压力很大。显而易见的是，三联需要增加新的出版项目，特别是在学术图书方面。我多次对编辑说过，学术出版通常被认为是代表着三联的出版水准，如果一时没有思想文化方面引起社会重视的话题书，那么至少我们要保证学术出版的规模和质量，否则三联的品牌和

LP旅行指南系列

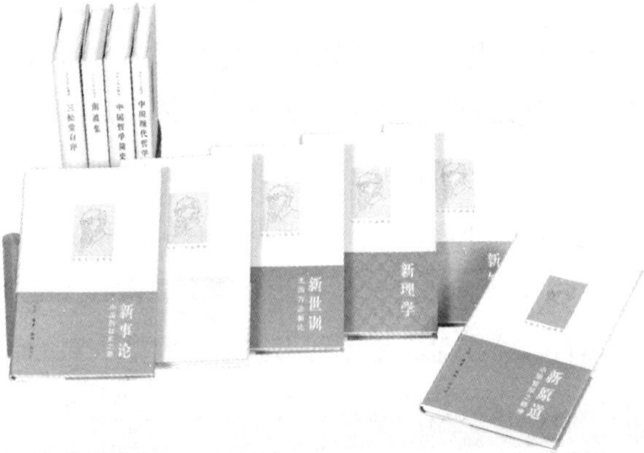

“冯友兰作品精选”

声誉就会受损。好在不久以后，读书编辑室负责人舒炜提议请甘阳先生主编一套“西学源流”丛书，新知编辑室老编辑张艳华提出请何光沪先生主编一套“基督教哲学经典译丛”，两者都是在学术上具有开创性的大型丛书，前者提出“重新阅读西方”的概念，试图依照西方学术思想发展的自身脉络和逻辑关系，清晰而系统地向中国读者介绍西方人文社会科学理论，克服国人以往译介西方学术时的实用主义倾向；后者则强调基督教影响了西方文明2000年，基督教精神是西方文化的核心理念，它的经典就是西方文化经典，而几十年来国内对此还缺少系统介绍，这套丛书重在填补空白。遇到这样有分量、有新意的丛书，我和班子其他成员一起，自然是要给予支持的，希望它们快快上马，缓解三联前一时期的少米之炊。它们后来都成了三联的长线项目，都出版了二三十个品种以上。尽管关于基督教的一套书后来在出版上遇到了不少障碍和麻烦，涉及送审和与有关管理部门协调的问题，我都没有犹豫，义无反顾地支持了。

在开发新的图书板块方面，领导班子中有人提议与澳大利亚LP出版公司合作，翻译出版LP旅行指南系列。他们认为LP的旅游类图书并不仅仅是实用工具书，而且是有高雅品位、有丰富内涵的文化读物，这一点和三联的风格十分契合。LP 公司是现今世界上最有影响力的旅游读物出版机构之一，它们的旅游指南品种多，覆盖面广，系统性强，如果和他们实现战略合作，迅速做出三联图书的一个新板块，可以预期。从另一方面说，LP 公司有着丰富的市场运作经验，经营有方，管理规范，与他们合作，三联的同事也可以从中学到很多东西，这对于培训我们的编辑和营销人员也颇为有益。

所有这些分析都有道理。但是，我对于合作的前景却一直有些担心。我过去在中国香港时曾经和英国的 AA 公司合作出版过旅游书，为此曾关注过这方面的市场，发现此类读物通常只有十几个最多二十几个热门国家和城市的旅游指南比较好销，其他旅游书出版后都会遇冷，难以赢利。三联如果和 LP 立足于长期合作，所出版的图书按照预期将达到上百个品种，其中定有不少亏损的图书。且不说在未来网络越发达，旅游资料得之越容易，大厚本的旅游书市场定会越加萎缩，只在当时，就很难对这套书的出版效益做乐观判断。领导班子研究选题立项时，我明确讲了自己的顾虑，表示不大看好。但是，在当时情况下，大家在观念上尚有诸多束缚，对大众出版还不敢或不愿涉足，三联要做增量，寻找一个能够成为业绩增长点的板块也确实不易。于是，我也支持了大家的意见，同意 LP 项目上马。

LP 项目后来的确成了三联的“鸡肋”，双方合作了两个合同期共 6 年，在第二次续约之时，由于双方都对自己取得的经济效益不满意，决定终止合作。

当然，6 年中三联出版了上百种 LP 旅行指南类读物，也占据了中国旅游（特别是境外游）图书市场一部分份额，形成了一定的影响。读者很自然地将 LP 品牌和三联品牌联系起来，以至于在双方合作结束多年以后，还有许多读者有这样的印象。在经济上，虽然没有什么盈利，但是也没有造成多大亏损，算是打个平手。这并非不可接受，但是在我看来，如果把机会成本考虑进来，也就是说，如果当初三联不是选择与 LP 合作，而是集中力量发展大众文化读物的板块，那么三联所获得的效益可能会好一些吧？

可是，由于前总经理下台事件的影响，大家在发展大众读物方面是有些畏首畏尾的。一次领导班子会上，我发言说，三联今天做小众市场，已经做到极致了。今后我们应该设法向大众市场发展。事后就有人善意提醒我，说你刚来三联，可不要这样讲话，免得有人误解，说你是像前面那位总经理一样的人。我听了不免出冷汗。一天《三联生活周刊》的主编朱伟来聊天，也对我说："李昕，我知道你想干点事情，但是在今天的三联，还没到时候。"言外之意是三联若要改革，需要遇到更大的经济压力。

其实，问题或许出在大家对于"大众"的概念理解不同上面。

我以为大众读物没那么可怕。对于三联而言，"小众"当然是专业读者，而"大众"就是非专业读者，其中包括知识大众，也包括普通大众。针对知识大众的读物，无非是专业作者写给非专业读者阅读的作品。那些读者可能也是知识分子，甚至是其他方面的学者和专家。出版这样的"大众读物"，三联原有诸多尝试，以往出版的许多文化类读物都属于这一种。三联甚至也有定位于普通大众的文艺作品，如《金庸作品集》和"蔡志忠漫画系列"，出版后不但未受诟病，反而有不错的社会反响。这些本身都说明三联并非与大众无缘。但是，由于此前几年前总经理在三联改弦更张导致了一场风波，更引起了出版理念和思想的混乱，于今拨乱反正，的确需要强调回归正统，稳定第一。所以，领导班子成员都知道，三联的改革只能慢慢来。

二

“对表”的困难

就像我刚到香港三联任职时一样，在北京三联也有一个逐渐熟悉的过程。尽管我留意观察，小心翼翼，不轻易表态，也还是会有碰壁或受挫的感觉。三联的人，特别是编辑们，普遍素质较高，因此多少有些心高气傲，不大愿意接受外来的领导，这也是正常的。一家有自己的风格和传统的出版社，新领导来了，不管他是谁，不管他来自哪里，能否理解出版社的风格，融入它的传统，定要面临考验。

记得 2005 年 10 月我去参加了一次法兰克福书展。像在香港时一样，我兴致勃勃地带回很多书目，用数码相机拍摄了许多照片，回来制作了 PPT，借助投影仪给编辑部举办了一场讲座，题为“法兰克福归来话出版”。我在讲座中介绍了许多英文版的新书，以为其中有些可以考虑作为三联的选题。这如果是在香港，定然会引起编辑们的浓厚兴趣，但是在这里，却反应冷淡。几乎没有人表示愿意考虑其中任何一个选题。当然，我的介绍主要目的是活跃大家的思路，而并非为了购买版权，但是其中有些明显适合三联出版的图书同样受到忽视。比如英国一家出版社的“动物系列”，是非常有文化意味的图文书，每一本书集中探讨一种动物（比如鹰、猫、狗、老虎、蚂蚁等）和人类的关系，从几千年前一直讲到现代，讲得妙趣横生，我认为可以翻译出版，但当时没有编辑表示接受选题，我也不便贸然联络版权。两年以后，才有一位编辑回想起这套书，翻译出版了其中的8本。

我从香港回来，也带来一些作者资源。比如我在香港出版过冯友兰著作，与冯的女儿——作家宗璞比较熟悉。有一次我谈到可以帮助编辑联络冯友兰的版权。当时读书编辑室的负责人舒炜感兴趣，立即做了一个策划，精选了冯先生的《贞元六书》《中国哲学简史》《三松堂自序》等十余本著作，拉出了“冯友兰作品精选”目录。我们一起到北大燕南园拜访宗璞先生，很顺利地取得了授权。但此举在编辑部也有人非议，一是觉得冯友兰著作已经出版过全集，何必再出精选集？二是认为冯的学术地位还没有达到可以在钱锺书、陈寅恪之后在

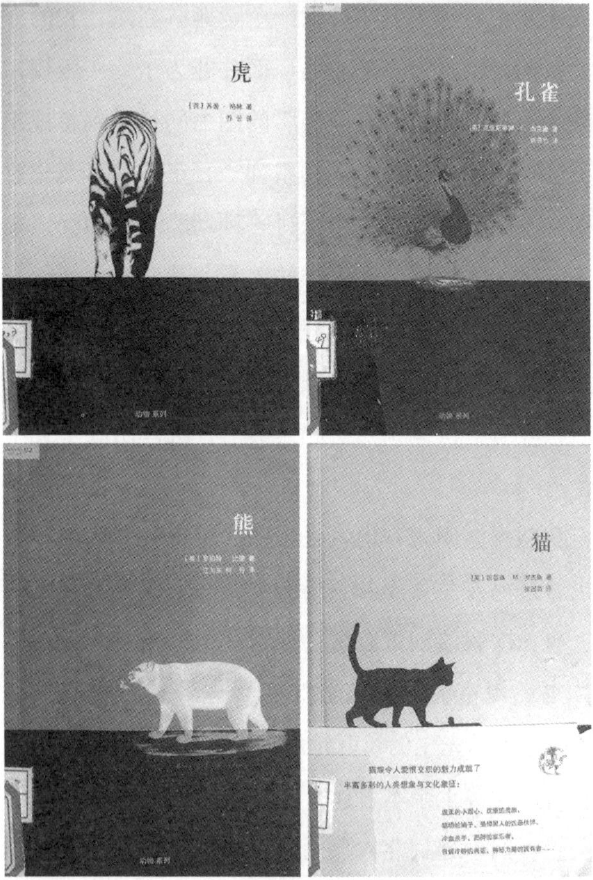

三联出版“动物系列”中的四种

三联出版著作集的高度。这些意见我听了也觉得挺窝囊。其实，我和舒炜当时最为看重的冯友兰著作是《中国现代哲学史》，这是冯在“文革”后呕心沥血写成的《中国哲学史新编》（七卷本）的第七卷，但是因为本卷题材较敏感，人民出版社出版时，只出了前六卷。这第七卷虽然90年代曾经在广东出版过一个单行本，但也早已绝版了。我们把它收入这套“冯友兰作品精选”，可以说既满足了读者对它的需求，又了却了宗璞先生的心愿，但这些事是很难对人解释清楚的。

在一次会上，我谈到我和台湾作家李敖的关系，说我可以介绍李敖的全部著作给三联选择出版，又是舒炜表示他愿意尝试。于是我找到了李敖在北京的代理人，拿来满满一纸箱李敖著作，大约有40本。然而三联做事的节奏是比较慢的，舒炜的手里，可能事情也比较多，一时顾不上。有三四个月，我们没有给李敖那边回话。李敖是个性急的人，我们长时间不答复，他有些沉不住气。说来也巧，就在舒炜拿出了他的策划报告，准备出版大约15本的“李敖作品系列”的同时，李敖来了电话，激愤地指责三联对于出版他的作品没诚意，不由分说，让我们把一箱子样书送回给他的代理人。我想解释几句都没有机会。于是三联和李敖作品失之交臂。

我到北京三联入职的同时，随身带来了一本厚厚的香港版图书，这就是香港城市大学校长张信刚策划的大学教材《中国文化导读》。该书由北京大学教授叶朗、费振刚、王天有主编，多所大学的教师参加编写。此书出版后，在香港大受欢迎，还被香港电台选为2002年度十大好书之一。我把这本书交给三联编辑部研究，转了两个人的手之后，有编辑自告奋勇当责编，把它出版了。可是紧接着我就受到质疑，有人说，三联不该出版这样的书，它是几十个大学教师一起“攒”出来的，拼拼凑凑，学术质量不行。我也不好辩解，这就是一本普及文化的知识性读物，恐怕不该以学术水平高低来衡量它的价值。书出版后，我们召开了一个座谈会，香港城市大学的张信刚、郑培凯、马家辉都远道赶来参会。因为他们的人缘甚好，我们在北京邀请一些名家，包括李零、林梅村等前来捧场，大家也都高高兴兴地到会发言。同时我们邀请了时任全国人大常委会副委员长的许嘉璐先生来讲几句话。结果又有人批评说，你不该请大领导。三联的学术讨论会，是从来不请领导的。我忽然觉得，在这本书的出版过程中，处处做事不顺，非常拧巴。幸好此书作为通识教育的教材，比较受欢迎，十来年常印常销，成了三联的保留品种之一，因此对它的质疑也便渐渐听不到了。

还有一本曾经让我纠结的书，是王世襄先生的公子王敦煌写的《吃主儿》。书里专讲王世襄和他的家人吃什么和怎么吃的故事。说是故事，它主要是介绍他们怎么买菜，怎么做菜，以及吃法上的种种讲究。稿子最初看起来有些乱，也有些杂，我读后印象不佳，觉得它像菜谱又不是菜谱，因为它不具备菜谱的工具性；像故事又不是故事，因为它不过是平铺直叙，并不引人入胜。于是我提了意见，要么大改，要么退稿。我当时并不知道，这样的书在三联一向是被人看好的。责编看了我的评语，有些不知所措，便去找其他店领导。而其他店领导也不便直接否定我的意见，便迂回了一下，把稿子转给了两位老编辑——孙晓林和吴彬。孙和吴都是三联威信极高的名编，审稿的判断力自然靠谱。可是她们也不能驳我的面子，于是每人写了一些意见，都说李总的评语有道理，这稿子的确有些杂乱，需要作者修改。但是稿子有许多可取之处，比如书稿中介绍许多家常菜的做法是王世襄一家的独创，作者在此倾囊相授，十分难得；

又说本书能够帮助读者了解老北京的风情和旗人生活的许多侧面，认识价值颇高等等，总之是千万不要退稿。我看了他们的意见，感到自己真是“跌眼镜”了。我承诺过要“从善如流”的，于是立即同意，按照孙、吴的意见，请作者修改出版。果然，作者进行了一点小修小改之后，此书出版了，立即引起读者关注，很快就脱销，然后连印数版，成为一本比较畅销的书。

我承认，直到这时，我的“对表”还没有对准。

三

不可或缺的两种“关怀”

这一时期，三联的当务之急是按照传统的思路，把书出好。三联和一般的出版社不同，它一直是媒体和学术界关注的对象，读者对它总有期待，社会对它的要求总是更高一些。一般的出版社只要不出坏书就不会遭人诟病，但是三联如果在一年中没有引人注目的好书，就会令读者失望，网上就会有批评的声音。所以，我在这一段时间压力很大，一再对相关编辑部门负责人讲，我们一定要保证每年出版一些亮点书、话题书，不一定是为了创利，而主要是为了让知识界知道我们在想什么，做什么。

我从香港归来，带着在香港已经习惯的眼光观察北京三联，发现一个时期以来的三联图书，尽管不乏“一流”“新锐”之作，但是关注现实民生的题材不多，而钻入学术象牙之塔的不少。所以我在大大小小的会议上，总是讲三联的出版要“力谋社会改造”，选题不能不食人间烟火。正巧，在这时有人报来两套系列选题，一是“中国环境记者调查报告”，由编辑张志军策划，计划每年一册，内容是一些知名媒体的知名记者就年度环境重大事件进行深度调查和跟踪，反映中国整体环境状况，探讨现实问题以及相关的政策、出路、对策等等。二是“年度话题系列”，由当时的生活编辑室负责人郑勇策划，也是每年一册，内容则是一批文学博士组成的1217俱乐部针对当年社会上发生的文化事件、文化现象加以梳理、综述、分析和点评。在有不同意见的情况下，我对这两套书都极表支持，使之成功立项。因为我觉得，今天的现实就是明天的历史，作者们对今天现实的记录和研究，反映出当代人的认识和思考，对于明天的历史学者具有重大意义。所以，“年度话题系列”的作者有一次请我参加聚会，我在会上说，你们所做的，是“把个性化的思考留给历史”。作者中马上有人表示，说这句话概括得好。从此，这个系列的图书封面上，都把这句话当作广告语。这两套书后来都形成了出版系列，但遗憾的是都未能坚持到底。环境记者的书因为调查取证、史料核实都非常困难，出版了三四种后难以为继；而“年度话题系列”从《话题2005》开始，一直出到《话

"年度话题系列"之《话题2010》

题2013》，总共9本，到2014年我退休后也便停止出版，令人惋惜。

与现实关怀相联系的是人文关怀。“人文精神，思想智慧”是三联一贯的口号，意谓它所出版的图书，重在促进思想启蒙，引领社会思考，这样在选择出版物时就需要有胆识，有担当。遇到富有思想理论价值的图书，要勇于支持，促成出版创新。当然，我一向认为，对于编辑来说，强调“胆识”，并非两者并重，而是“识”重于“胆”。有“胆”的前提，也是不违背政治原则。这就要首先以“识”来做判断。

刘再复作品出版的经过很能说明这个问题。

2004年我回北京工作之前，刘再复在香港曾经兴致勃勃地与我讨论，想在北京出版他的作品系列。那时，李泽厚的作品有多种在内地正常出版发行，而刘再复的著作十几年来内地却一直无人问津。两人同样是赴美学者，政治态度和思想观点颇为相近，是学术上的亲密朋友和伙伴，却遭到两种不同境遇，这令刘颇为不解。他问我这是什么原因。我对他说：“李泽厚的著作，大多研究中国古典哲学和美学，和政治关系不大，而你的作品，直接研究中国当代文学，意识形态性较强，所以出版社对于出版你的著作比较谨慎。” 于是我建议他，搞一点古典文学研究，比如他当时正在香港城市大学举办的有关《红楼梦》的系列讲座，就可以改写成著作，这样的书探讨文艺自身的规律，无涉政治，在内地出版，以我的判断问题不大。他听从了我的建议，先是写了《红楼梦悟》，继而又写了《红楼哲学笔记》《红楼人三十种解读》《共悟红楼》，组成“红楼四书”。这些著作我回到北京三联后顺利出版，没有引起任何争议。一些处在观望状态的出版社此时忽然发现，刘再复的著作原来是可以出版的，于是争相跟风出版。几年之内，刘再复的几乎全部作品都有了中国内地版本，有 50 ～ 60 个品种，其中三联出版的大约占到 20 种。

钱理群著作的出版也很有趣。20 世纪 90 年代，钱理群因为一本讨论中学教育问题的论文集被一些报刊点名批评，因为书中有些文章观点偏激，而此书署名钱理群主编。其实，编辑此书是钱的学生所为，钱本人事前并不知情。但是因为被点名，他所任教的大学高层很紧张，竟然几年时间不让他上讲台。于是钱非常郁闷，心中有很多意见、看法和不满，他把这些都记录下来，每年写一篇，叫作“年终总结”，一共写了 4 篇。钱理群是文章高手，他有许多随笔启人心智，很受读者欢迎。他把这4篇“年终总结”和近年所写的随笔类文章编在一起，准备出版，但是稿子到了4家出版社，都被婉言谢绝。一时弄得他也莫名其妙，以为自己的著作是被“封杀”了。2006年，他通过自己的学生郑勇将这部书名为《生命的沉湖》的随笔集拿到三联。我看了以后，建议钱理群删掉4篇“年终总结”，其余作品照旧出版。钱表示愿意配合。于是此书在三联推出，没有任何不良反应。刚出版时有管理机关的人问我，钱理群的书，别人都不能出，为什么你们可以出？我说，你不妨研究一下这本书，看看有政治问题没有？结果就再也没有了下文。此后钱理群的著作在内地多家出版社竞相推出，三联还出版了一套十几本的“钱理群作品系列”。

外人或许不知，在我任职的9年中，北京三联出版的一些有影响的作品，曾是别的出版社放弃的书稿。放弃的理由各种各样，最主要的原因是怕出所谓“敏感”问题，结果与好书失之交臂。例如齐邦媛的《巨流河》、曾彦修的《平生六记》出版后都有其他出版社的编辑告诉我，他们早早就拿到了这个选题，可惜论证没有通过，现在留下遗憾了。我觉得这样的作品，属于反思20世

刘再复的“红楼四书”

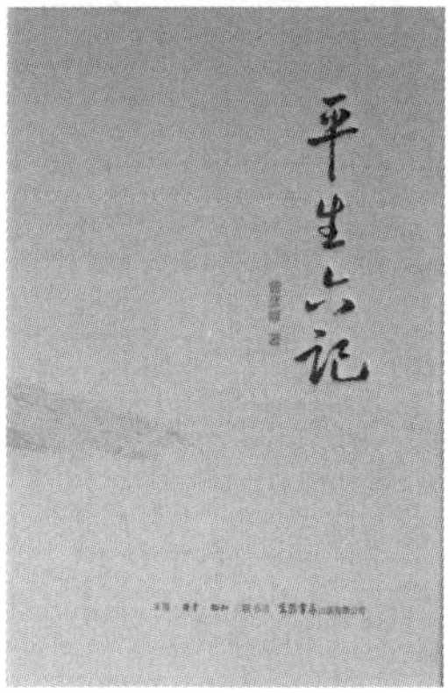

《巨流河》《平生六记》

纪历史的厚重之作，正是三联求之唯恐不得的选题，怎么论证会通不过？三联从来都高度评价这些作品的思想文化价值，因而我们在选择出版时毫不迟疑。而它们甫一出版，便赢得读者和媒体的好评，多次获得“十大好书”“致敬作者”一类奖励，的确令我们感到格外的欣慰。

四

令人纠结的大家作品系列

三联的图书出版精益求精，重在选择。拿20世纪90年代以来出版的大作家著作集和作品系列来说，三联的做法极其慎重，除了为陈寅恪和钱锺书这两位大师出版了著作集以外，对于其他学者，哪怕是学术界公认的大家，通常也只出版作品系列，不出全集。这意味着要对其著作进行筛选，而非不加区分地一概出版。作为一种传统，这种“优中选优”的方法确保了三联图书出版的品质，是不言而喻的事。但是，随着时代发展，出版竞争日益激烈，三联也遇到了难题。例如，对某一位大家，当三联还在反复斟酌如何筛选之时，已有其他出版社捷足先登，把该大家的著作全部包下。这使三联曾有几次与佳作失之交臂的教训。有鉴于此，我觉得三联也需要调整策略。此后每当论证大学者、大作家的作品集的选题，在讨论如何出版、如何选择时，我都力主一网打尽，不给竞争者留下机会。譬如对金克木、王世襄、曹聚仁、徐铸成、刘再复、钱理群、陈乐民、王鼎钧等人的著作集和作品系列，我都是鼎力支持的，其中有的作者是因为我的坚持，其作品才能够以系列的形式在三联出版。后来一些出版机构邀请我去讲课，我也常常谈到一个观点，即策划选题应当以作者为中心。就是说出版社选择作者好比种果树，每部作品只是一颗果子，出版社一定要记得把果子全部摘下。

出版大作家的作品系列，整合版权难度较大。我们在2006年前后曾考虑领先一步，出版中生代领军学者的著作集，选定了一批堪称大家的中年学者，然后分头组稿和策划。但是经过联络和洽谈，最终只有“陈来学术论著集”和李零“我们的经典”得到落实。而李零的作品，也只是整合了他解读中国古代经典的著作和一部分学术随笔。他那些以考古学为主的学术著作，仍然不包含在内。这是作者著作以往版权分散所致。在这方面，更为特殊的例子是李泽厚的著作权问题。

李泽厚先生是中国当代影响力最大的哲学家之一。以其学术地位而论，他早就该在三联出版著作全集或文集了。他的后期作品，如《论语今读》《批判哲学的批判》《实用理性与乐感文化》《历史本体论·己卯五说》等都在三联出版，为此三联早有为他出版文集的意向，而这也是李泽厚先生本人的一个心愿。然而，令人纠结的是，李的早期作品著作权却不在他自己手里。早在 1994 年，李泽厚到台湾，与三民书局总经理刘振强签订了一纸合约，将自己早期作品 10 种（包括《华夏美学》《美的历程》和关于中国古代、近代、现代思想史的三本论著等）著作权以 10 万美元的价格卖断给了对方，使之永久在全世界范围拥有中文版权。因为我与刘振强先生熟稔，预先闻知此事，所以曾考虑在三联出版"李泽厚集"时，请李放弃这 10 部著作的版税收益，由三联将版税直接划给三民书局，征得李同意后，据此与李签订了出版合同。因为三联和三民也是亲密合作的伙伴，我原以为这样处理十分圆满，既能促成著作集的整合出版，又不损害三民书局的权益，还顾全了李泽厚先生的面子。我将此事通报三民书局的版权经理，请他转告刘振强。谁知几天后的一个节假日，早上 7 点，我被刘振强先生的电话吵醒。这位老朋友竟然在电话中警告我，不要出"李泽厚集"，否则三联和三民书局两家会有法律纠纷。我忙问缘故，刘解释说，既然李泽厚早期 10 部作品的著作权归属三民书局，他本人便不能再

王世襄集
锦灰堆（合编本）壹卷
锦灰堆（合编本）贰卷
锦灰堆（合编本）肆卷
锦灰堆（合编本）叁卷
中国画论研究（下卷）
中国画论研究（上卷）
明代鸽经 清宫鸽谱
说葫芦
竹刻艺术
髹饰录解说
明式家具研究
中国古代漆器
自珍集
蟋蟀谱集成

“王世襄集”

美的历程

“李泽厚集”

与三联签订出版协议，哪怕他放弃版税，这也仍属不合法授权行为。此事唯一的正确解决方法，是三联书店与三民书局签订协议，从三民书局得到李泽厚早期作品的授权。

我承认刘振强先生坚持原则，而我的和稀泥占不住理。于是我们又去说服李泽厚，将与他签订的协议作废，以便我们重新与三民书局签约。当时李泽厚为了促成著作集出版，表示不持异议。这样，我们几经周折，总算把版权搞定，确定了一套书中不同作品由两家分头授权的版权合作模式，最终使这套作者和读者都期待已久的著作集以布面精装的形式隆重推出，成为 2009 年三联书店的一件盛事。可以不夸张地说，对于“李泽厚集”，除了三联以外，任何出版社都不可能进行这样的整合，因为李的后期作品版权在三联，其他出版社无法获得。见到精致美观的著作集，李泽厚的兴奋自不必说，他一再表示感谢三联促成其事。然而令人意外的是，一年以后，由于台湾三民书局分别在北京和上海、台北三地起诉李泽厚十几年中多次违背著作权转让协议，授权大陆的几家出版社（当然不包括三联）侵权出版他本人的一系列著作，李泽厚在应诉时表示他并不承认他与三民书局签订的“卖断”版权合同的约束力。为了证明自己的观点，他竟然分别在合肥和南京两地，起诉三联书店与台湾三民书局签约出版“李泽厚集”中的部分著作是侵犯了他的著作权，一时弄得他与三联关系紧张。这个案子是我直接处理的，我专程飞到南京与合肥，出示大量确凿的证据，向当地法院陈明利害。两家法院的主审法官听了我的解析，对是非心知肚明。不久，李泽厚可能是考虑到胜诉无望，主动在两家法院撤诉。随后，北京和台北的法院也都做出判决，台湾三民书局胜诉，李泽厚败诉。

说到出版大作家的作品系列，还需要提一下余秋雨的名字。以余的文坛地位和影响，在三联出版作品系列的事也值得我们考虑。但是此人在文化界争议颇大，三联内部对其不以为然者甚多。在一次编辑部的会议上，我提议考虑出版余秋雨作品系列，遭多人反对。我力排众议，强调要放下主观成见，客观地估计余秋雨著作的学术文化价值。在我的坚持下，社领导班子同意我向余秋雨约稿。我同他原本是认识的，在香港编辑“三联文库”时，我曾经出版过他的散文集，一直保留他的联系方式。这次我趁他在京居住时，约他在北京娃哈哈大酒

李零的“我们的经典”

楼吃饭，谈到要为他出版作品系列，他兴奋异常，喜出望外。他一再表示，这是他的荣幸，编这套书，他一定当作一件大事来做，甚至说他会把在三联出版作品集当作后半生最重要的事。但是我也提了要求：为了不给读者留下炒冷饭的印象，三联出版他的书，必须从新书开始。他需要先给我一本新作，然后我们再逐步地将他的十余部旧作整合到作品系列中。对此，他连连承诺，说是“一定一定”。他回上海后不久，给我用电邮发来了一个“余秋雨作品系列”的目录，上列 14 种作品，包括他早期的几本戏剧理论研究著作和后来那些人所共知的文化随笔集，其中第 14 本被单独标出，余附信一封，告诉我，这是他正在写作的新书，将作为系列的第一本交给我。但是此书暂未完成，要我务必替他保密。信中还有这样的话：“谢谢您的关照。从今年秋冬到明年春季，我全身心都献给这部文集了。”他将交稿日期定于第二年 5 月。于是我便静静等待，不再催问。万万没想到的是，到了第二年 5 月，这部被余秋雨承诺作为系列第一本的新书，出现在另一家出版社的广告中。那家出版社将其作为畅销书在大力推广。此事对我伤害很深，从此不再与余秋雨联系，当然也不再考虑他的作品系列。以

2012 年新版“钱锺书集”

“金克木集”

至于几年以后，余秋雨的经纪人找到三联，拿来他的新作《何谓文化》，希望以文化公司的名义与三联合作出版，并强调这是余本人的意思，我不假思索便拒绝了。

五

一点一滴的资源积累

我到北京三联不久，就意识到这家名头很大的出版社资源的积累并不是非常丰厚。和商务印书馆、中华书局以及人民文学出版社相比，它的底子薄得多。其中的原因在于自 1951 年到 1986 年，整整 35 年三联被并入人民出版社，成为该社的一个副牌，此间出书规模甚小，且时断时续。1986 年恢复独立建制以后，为了迎头赶上商务、中华等品牌大社，三联“使巧劲”，优先选择翻译出版西方 20 世纪以来有影响力的学术著作，虽然也出版一些国内的“文化人写，给文化人读”的作品，但总量不多。20 世纪 90 年代以后，才开始策划出版“钱锺书集”“陈寅恪集”等大作家文集和“哈佛燕京学术丛书”等原创的学术丛书。所以，三联在积累原创资源、发展原创作者队伍上有较大的局限性。尽管在维护作者方面，三联是极其用力的，自范用时代开始就以“读书服务日”的形式，与作者保持密切联系和沟通，后来组织每年一度的三联作者聚会，也是一件为人乐于称道的盛事。但是三联的作者其实数量有限，还有一些作者在几十年中自然流失。为此，在编辑工作中，我曾极力为三联开发新选题，同时推荐新作者，一点一滴地帮助三联积累资源。粗略计算，这些年中我经手的书稿1000多种（多数是作为终审人），用约稿、提出选题建议、联络版权或进行项目论证等方式参与策划的选题数量已无法统计。其中，不计算引进翻译书和向三联原有作者组稿，仅仅是我给三联（包括后来的生活书店）介绍的原创图书作者就不下50人，所涉及的图书选题超过100个。这些作者中，比较知名的有冯友兰、杨振宁、谢觉哉、冯骥才、刘再复、杨义、方方、张曼菱、屠岸、牛汉、王鼎钧、老舍、沈从文、林海音、丰子恺、王安忆、闫纲、从维熙、周良沛、吴泰昌、陈丹晨、陈晋、陈东升、杨凯生、于幼军、杨胜群、张信刚、曹景行、关愚谦、海珮春、马家辉、杨照、胡洪侠、赵广超、林文月、刘仁文、张至璋、樊建川、沈继光、王培元、胡允桓、郑碧贤、中岛幼八以及李敖李戡父子，等等。当然，这里有些作者或许曾在《读书》发表过文章，但是他们在三联第一次出书都是由我促成，还有几位作者从此同三联结下不解之缘。

在我推荐给三联的作者里面，有一对德国夫妇非常特殊，这就是关愚谦和夫人海珮春。关愚谦的一生经历极富传奇色彩。他出身革命知识分子家庭，父亲是周恩来的南开同学，后来经周介绍加入中共，1949 年后是中国文史馆馆员。关自幼学习外语，新中国成立初期在中国人民保卫世界和平大会任职，和资中筠先生是同事，也曾经给周恩来、陈毅等领导人当过翻译。“文革”中他为了躲避政治迫害，竟然偷窃了著名的日本友人西园寺公一的公子的护照，只身逃亡埃及。此事当时为“文革”中“天字号”的重大案件，引起周恩来总理震怒。不过关愚谦后来转道德国，在此定居，与热爱中国文化的德国姑娘海珮春结婚，两人几十年为中德文化交流做出过不小的贡献。他曾经将自己“叛逃”的经历写成一本回忆录，书名为《浪》，我在香港工作时出版了此书，开新书发布会，凤凰卫视的吴小莉、何亮亮、曹景行、阮次山都来捧场，争相发言推荐，一时很有几分轰动。现在，他和海珮春两人每人都写了一本新书，交给北京三联出版。

关愚谦的著作为《欧风欧雨》，记录的是他在欧洲生活40年的观察和思考。既是游记，又是文化随笔，作者详尽介绍不同国家，诸如皇室、官场、商贾等上流社会的情况，亦细说平民百姓生活的特点，同时还能一针见血地把不同国家、不同民族的特点一起进行比较，令人发出会心微笑。展现欧洲诸多不同民族的鲜明文化性格，是这本书的最大特点，著名经济学家张五常先生为本书作序，这样说：

国内的朋友要游欧洲吗？最简单的处理方法，可能是先读《欧风欧雨》这本书。愚谦兄对欧洲很熟；他的记忆好，观察力强；文字可读，而更重要的是他很懂得掌握着有趣的话题下笔。后者是天赋。炎黄子孙不容易找到另一本游览欧洲的书可以学得那么多。

这本书我们出版后销售不错，重印了几次。

海珮春拿来的则是她的回忆录，书名是我给取的，叫作《德国媳妇中国家》。这本书可以说是她应我之约而写，所以我对之期望甚高。海珮春的确写得非常引人入胜，她处处从中德文化差异入手，写出一个德国女人对中国的丈夫、家庭、社会以及历史文化的种种观察和认识，充满情趣，富于睿智。出版时，我不仅在书前作序大力推荐，而且邀请王蒙、冯骥才、铁凝、王安忆四位名作家每人写一段推荐语印在书的封底。我当时一心认为这本书将会畅销。然而出版后的反应却还不及关愚谦的《欧风欧雨》来得强烈，令我不免有些郁闷。当然，还是有人叫好。例如有一次某期刊举办发奖会，邀请中央电视台主持人白岩松和我同为颁奖嘉宾。吃饭时我们坐在一起。我当时并不认识白，但是他见我第一句话就说："我最近把你们三联的一本书读了几遍，这本书写得太好了。"我忙问是哪一本，他告诉我就是《德国媳妇中国家》，让我颇感惊喜。然而他又问："这本书怎么会没有影响呢？"我一时语塞。

后来我和关愚谦夫妇讨论，为什么这本书销售不佳？关坚持认为，是封面设计的风格错误。它的封面，是一位相当知名的美术设计师做的，设计中突出的是怀旧意味，因而选择了素净淡雅的画面，说实在的，这还是比较符合三联的一贯风格的。但是关愚谦先生说，这样的封面对于读者就没有视觉上的冲击力了。我不能判断他的说法是否正确，但是这本书首印15000册，销售不足10000册是事实。关先生不忍让三联亏损，主动提议由他把剩下的书全部包销。但他的条件是，要按照他本人的设计，重新制作封面。这件事，让我反思良久，

《德国媳妇中国家》原封面

《德国媳妇中国家》

作者本人修改的封面

不得其解。

有人在读了我写自己父亲的回忆录以后，认为我的作者缘比较好，也是得益于我的家庭背景。因为家父是清华大学的外语教授，曾经从事文学翻译，在文化圈里熟人较多，但这完全是误解。家父从未给我介绍过任何一位人文社或三联的作者，包括在三联出版过几本著作的周一良先生是家父的表兄，他与家父常有来往，但我甚至都没有向他约过稿子，再说我来三联时，他已经去世了。至于三联有些作者，曾与家父有过交往。例如清华大学教授吴良镛、楼庆西、陈志华先生，都曾经与家父在建筑系同事，后来两位还跟着家父学习过俄语。他们和我见面，总会忆及家父，但是他们作为三联的作者，那是早已有之的事，和家父无关。至于杨绛先生 1949 年 —1952 年与家父一同在清华大学外语系任教，曾经也比较熟悉，以至于我每次和杨先生见面，她都会说，看到你就想起你爸爸，谈话自然也便多了几分亲切。但是杨绛和钱锺书先生是三联的老作者，杨先生与三联历届领导和多位编辑的感情都非常好，她与三联的合作，开始于范用时代。而且杨先生是原则性极强的人，她对于三联的信任和关照，没有任何个人感情因素。她对我虽然和蔼亲切，但也都是公事公办的。

比如，早几年我去看望杨先生时，总会问她在写什么著作，然后向她约稿。她便非常清晰地向我解释，她处理版权有个分配办法，这是早已定下的：凡是钱锺书的著作，归三联；凡是她本人的著作，归人文社；凡是钱锺书的手稿，归商务印书馆。据此，她要我别惦记她的新作了。我当然只能尊重老人家的决定。但是后来，我反复向她解释，说她八九十年代在三联出版过的几本散文集，现在版权都已经转移到人文社，三联的版本绝版了，而读者对这个版本非常留恋，总是期待三联重印。我告诉老人家，三联在 20 世纪 80 年代出版的很多经典作品的版权已流失，我们正在努力把版权找回来。例如茨威格的《人类的群星闪耀时》《昨日的世界》，房龙的《宽容》《人类的故事》，以及《傅雷书信集》，最近都在三联重新出版了。我还从版权管理的角度，向老人说明中国的《著作权法》并不限制在《杨绛散文选》之外，另行出版她的散文单行本。我苦口婆心地“蘑菇”了杨先生多次，终于有一天，杨先生法外开恩，说：“凡是以前你们出过的，你们就拿去重印吧，当然，只限于这几本。”她还是有原则地网开一面，但我们已经喜出望外，很快就重新出版了《干校六记》《将饮茶》《杂忆与杂写》和翻译作品《斐多》这4本小书。后来，三联的编辑又将《我们仨》加入，并整合重编一些散文作品，编成了“杨绛作品系列”（7种），产生很大反响。

六

几本畅销书的背后

我回到北京几年以后，随着中国出版界转企改制的深入开展，出版集团、出版社要“做大做强”的声音越来越强烈，三联于是感到在经营上的压力越来越大。因为中国出版集团有明确的要求，下属的出版社要完成规定的经济目标。要创利，当然要有畅销书，但是如何去组织和策划畅销书呢？当时三联内部有一种流行的看法，认为三联做的畅销书大多是小众畅销书，这样的书通常是可遇不可求的，策划和组织未必能够得到。比如杨绛先生的《我们仨》，的确十分畅销，但它并不是我们想要出版，老人家就可以配合我们写作的。这也的确是事实，但是我对只能消极等待畅销书的看法也不以为然。毕竟事在人为，如果编辑不去主动出击，哪有那么多畅销书会送到你的手里？

到了 2009 年年初樊希安担任总经理的时候，三联的经济效益问题已经非常突出。当年 7 月 1 日我们召开了中层干部会，在会上，针对上半年图书出版的业绩，我公布了一组数字，令人吃惊的是，半年来的新书销量超过 1 万册的只有一种。这对于三联这种品牌老社，是完全不可接受的。要知道，随着中国出版业深化改革，各地出版社纷纷集团化，上市的上市，并购的并购，一个个都对图书市场虎视眈眈。许多老社、名社的资源被抢夺，市场被瓜分。对三联来说，此时就是逆水行舟，不进则退。长此以往，三联将要落到边缘化的境地，这当然也是大家都不愿看到的结果。于是，新领导班子坐下来研究对策，统一认识。改革体制机制、调整选题思路、鼓励出版大众读物、集中精力抓畅销书等问题都被提上日程。

这可能就是朱伟所说的，时候到了。

要创造效益，领导不能仅仅是坐镇指挥。会上研究，领导班子成员要带头抓畅销书。这样做，一方面有助于提高选题策划的成功率，另一方面可以引导编辑部转变观念。同时，畅销书通常不是编辑以一人之力可以做成的，如果领导能亲身介入，便于统筹各方面的人力资源，可以自然理顺畅销书的运作模式，好处很多。

抓畅销书，从哪里开始？当时中华书局刚刚出版过阎崇年先生的《正说清朝十二帝》《明亡清兴六十年》和于丹的《于丹〈论语〉心得》等作品，做得有声有色，风生水起。这样的书我们能不能出？三联编辑部也曾有过热议。大家对阎崇年的学术普及著作能够认可，但是普遍对于丹不感兴趣。我的看法是，于丹的作品作为大众读物，有利于普及古代文化知识，只要其中不存在硬伤，三联也是可以接受的。向他们约稿我以为并不难。阎崇年先生就和我是邻居，我们在楼下花园里散步时常常碰见，有时还聊聊天。但现在的问题是阎崇年和于丹已经被中华书局炒作得炙手可热，三联没有必要跟风出版他们的作品。我说，假如我们的编辑可以在文化界发现另一个阎崇年或者于丹，三联就可以出版他的书。

至于其他作家，我首先想到了王蒙先生。他是文坛的常青树，作品畅销不衰。我和他比较熟。1985 年我出版了他的第一本文学评论集《创作是一种燃烧》以后，与他的联系一直未间断，不论他是高高在上的文化部长，还是回归文坛，仅仅作为一名普通的作家，每年我都会去拜访他。即使是我到香港工作以后，他到香港办事，也会与我联系，然后我们一起喝茶谈天。我在香港三联先后出版过他的几部著作，包括他大部头的《王蒙评〈红楼梦〉》。回北京后，每逢春节，我也照例到他家问候。此时，他已经有十多年不在北京三联出书了，和三联的其他领导人都不熟悉。但是，他的作品除了小说以外，有很多讨论中国文化问题的著作，非常适合三联出版，于是我向他约稿。起初，他因为对三联的市场发行没有信心，所以并不情愿把新书交给三联。但是因为我一再邀约，他感到盛情难却，便同意在三联出版《老子十八讲》，把稿子发给了老编辑吴彬。这是他将在北京电视台"中国文化大讲堂"举办的讲座结集。这本书后来王蒙亲自配合宣传，我们销售了 8 万册。

话说回来，有些畅销书真的是"酒香不怕巷子深"。比如齐邦媛的《巨流河》，是美国汉学家王德威先生介绍给三联编辑冯金红的。冯是学术编辑，她把书交给我，让我评估和安排。我利用周末看了一遍，被作者父亲齐世英的故事震撼，被作者与飞行员张大飞的爱情故事感动，被作者在颠沛流离的境况中坚持治学的经历所吸引。我只觉得此书作为横跨两岸的家族记忆，历史价值和文学价值都很高，于是决定出版，把它交给了责任编辑刘蓉林。但我们当时并没有认为它是一本畅销书，首印只印了 8000 册。陈徒手的《故国人民有所思》是郑勇约稿，我因为早早读过作者另一部同类作品《人有病，天知否》，了解他爬梳史料，解读当代文人、学人性格和命运的功力，故同意郑勇建议将两本书同时在三联推出。《故国人民有所思》写了11位大学教授在中国五六十年代的政治思想运动中的遭遇，作者根据官方材料的记录和大量原始档案，复现出当时的历史场景并加以反思。书前有邵燕祥所写的序言，内容是对中国当代历史的深刻剖析，警示性很强，有几分敏感。编辑问我是否要做技术处理，我认为燕祥先生对作品的评价是实事求是的，故一字未动，但这本书首印也只是1万册。刚出版时，《巨流河》与《故国人民有所思》都波澜不惊，并不引人注目。我们也没有做什么宣传。但是正所谓"桃李不言，下自成蹊"，读者有口碑，三联出好书的消息还是不胫而走。特别是这两本书分别上了2010年和2013年的深圳读书月"十大好书"榜以后，更加引人关注，以至热销不衰，连印多版，最终销售总数都为10万册以上。

王鼎钧的"回忆录四部曲"对我来说是个奇缘。前面讲到，我在1989年就曾与他联络，希望出版他的作品，但是阴差阳错，与他失之交臂，但我对他一直是关注的。我在香港工作时，与台湾文化界联系较多。我那时仍然

陈徒手的《故国人民有所思》和王鼎钧的“回忆录四部曲”之《昨天的云》

《陈寅恪的最后 20 年》三联书店 1996 年版和 2013 年版的封面

惦记着出版鼎公的作品，便请朋友找到他本人，向他索要了一套样书，总数大概是 18 册。我把这套书带回北京，就是想考虑在三联出版的。但是，当时鼎公的回忆录还没有完成，18 本书中只包含四部曲中的两部，自然无法安排出版。在北京三联工作时，有一位副总编辑因与鼎公是同乡，对鼎公著作甚有兴趣，他在我的书柜里看到这套书，说是要拿去研究，做一点出版策划，这样我把书转给了他。但是他可能事忙，始终没有顾上此事，后来他调离三联，又把鼎公这套作品原封不动地归还给我。

到了 2011 年，鼎公的回忆录四部曲在台湾全部出齐了。三联的编辑饶淑荣反应比较快，她注意到著名的现代史学者高华在报刊上推荐鼎公回忆录的第四册《文学江湖》，于是跑来与我商量出版事宜。出版鼎公作品是我早有的愿望，我当然支持，但饶淑荣告诉我，已有几家出版社和书商对鼎公“回忆录四部曲”的版权展开竞争，建议我亲自给鼎公写信洽谈版权。我在信中讲了我同他的 20 年情缘，并重点说明，我们要向中国大陆读者隆重介绍他这样一位大师级的作家，以作品系列的方式，出版他的全部作品的单行本，一共 23 册。此时鼎公原已准备和别家签约，见到我的信后，转而决定与三联合作。他非常通情达理，认为三联包下 23 种作品的风险太高，便自己精选了 16 种作品与我们签订版权协议。我们首批出版的自然是“回忆录四部曲”。因为是四本，这套书定价不低，而鼎公当时还少为人知，他的回忆录能否引起读者重视，我们心里其实也没底。2013 年北京春季图书订货会上，这套书和《邓小平时代》一起陈列在三联展台，当然是后者更加吸引读者的眼球，但是我却每每把记者领到这套书前做详细介绍。毕竟，这套书对于 20 世纪百年沧桑的历史记忆是震撼人心的，读过的人不能不对鼎公心生敬意，所以这套书当年在各种媒体评奖中也频频获奖，关于它的口碑在文化圈里口口相传，最终也销售了 5 万套以上。

畅销书中有故事的还有陆键东的《陈寅恪的最后20年》。

这是一本修订再版的作品。它于 1996 年在三联书店首次出版。由于作者以扎实的史料和生动的记述展示了陈寅恪先生“独立之精神，自由之思想”，一时好评如潮，洛阳纸贵。然而，这本书上市不久就被叫停，并非政治原因，而是由于一场民事诉讼，换句话说，是因为一场名誉权官司。书中言及一个“反右”运动前夕在中山大学担任党委书记的人物，写了此人对于知识分子的粗暴无礼，使大学里诸多教授对之噤若寒蝉。如此描写引发那个党委书记子女的不满，他们认为作者侵害了其父的名誉权，于是将作者和三联告上法庭。在基层法院审理时，陆键东拿出了大量证据，表明他的故事全部来自中山大学的档案材料，有据可查，可以说是“无一字无来历”。于是法院判原告败诉，侵权事实不成立。但是原告不服，又上诉到北京市第二中级人民法院，但这次法庭面对同样的证据，强调的是作者不应把涉及个人的档案资料公开，于是改判陆键东作品侵权，不做修改不得重印。但是陆键东犯了倔脾气，他认为法院偏袒原告，对他的判决不公正，所以宁可从此不再重印，也不肯删改作品。于是，这部备受好评的作品断市达 13 年之久。其间，不断有读者向三联询问，此书何时可以重印？三联方面也多次联系作者，希望尽快修订再版，都被作者婉拒。

2012 年 7 月，三联举办 80 周年店庆活动，邀请一些重点作者来北京参加庆祝大会，陆键东也在被邀之列。本书的责任编辑，此时已是三联副总编的潘振平对陆键东表达了想要重印这本书的愿望，陆这次反应积极，表示要考虑一下。随后我和老编辑孙晓林请陆键东吃饭，进一步与他恳谈。陆对我们说了几个意思：第一是如果修改，他不知需要改哪些具体内容，怎样修改才能既不损害文意又不惹起官司。第二是他当时刚刚完成另一部书稿的写作，这本书书名是《历史的忧伤——董每戡的最后24年》，他已经花费了十几年的心血在这本书中，但是现在几家出版社都认为，书稿中有些敏感内容需要做技术处理。他不希望这种处理是伤筋动骨的。他说，这已经成了他的心病，如果《历史的忧伤》的删改问题不能妥善解决，他根本没有心思考虑重新出版《陈寅恪的最后20年》。第三是他说，这些年里，对于《陈寅恪的最后20年》这本书，找他的出版社和书商太多了。有人拿着钱去找他，说“只要你答应给我出版，我立即给你15万元”，他都没有答应呢。

这些都是他的顾虑，我一一做了回应。我先给他算了一笔账，告诉他，这本书如果印到10万册，版税应当在30万元以上，所以不必把那个书商的承诺当回事，三联可以做得比那个书商更好。至于这本书的修改分寸，我答应替他去咨询律师，取得权威意见。而《历史的忧伤》的技术处理问题，我承诺他，我会亲自处理，尽量减少原文改动。这样，当即我和他达成重印《陈寅恪的最后20年》的意向。事后，我立即请教了两位律师，他们两人意见一致，告诉我此书的修改，只需隐去那位党委书记的真名实姓即可。于是陆键东很轻松地处理了这一遗留问题，并对全书进行了一遍认真的修订，根据新发现的史料和陈寅恪家人提供的资料，又增补了3万字的内容。2013年6月，此书修订本由孙晓林担任责编，在三联出版，再一次引起轰动，不仅短时间内就发行10万册以上，而且还进入了当年媒体评定的几种好书榜。

我在三联9年间参与策划的畅销书，最重要的当然是《邓小平时代》。不过这本书的选题并不是我发现的。三联的两位嗅觉灵敏的编辑叶彤和舒炜都早早就读到这本书的英文版。最初是叶彤拿着英文版来找我商谈出版事宜的。我原来对傅高义就有所了解，及至了解了这本书的基本内容、主要观点和英美学术界的反应以后，决定支持此书的出版，亲自参与洽谈版权和整个编辑出版过程。

这本书是我一生经手的图书中出版难度最大的一本，

当然也是影响最大的一本。说是难度大，表现在三个方面：一是争夺版权不易，二是审读定稿过程艰辛，三是营销推广压力大。

三联拿到《邓小平时代》的版权，是经过三轮竞争的。内地参与竞争版权的出版社多至30家，这可能在当代出版史上是破纪录的事。傅高义先生将此书内地版权委托给香港中文大学，由该大学出版社社长甘琦女士总揽其事。我们为了争夺版权，店里研究决定组成一个三人团队，由我负责，时任总编助理舒炜和资深编辑叶彤参加。不过投标时已经很晚，而且在不明其他对手条件的情况下，我们最初的报价偏低。但是我们三人团队分析了傅高义的心理，在策划报告中集中讨论和回答了他所最为关心的书稿审读和删改问题，做了一些有说服力的预测，并提供了解决问题的策略，许多话说到他心里了，于是他内心的天平开始向三联倾斜。后来甘琦邀请我和叶彤专程到香港与傅高义会面，这相当于一次面试。傅很郑重其事，为此连香港特首董建华请他吃饭都被他推辞掉了。他原准备用三天的时间来思考，决定与哪一家出版社合作。但是由于我们准备得充分，谈话中所做的分析和判断合乎情理，拿出的策划方案切实可行，进一步获

傅高义
[美] 傅高义 (EZRA F. VOGEL) 著
邓小平时代
冯克利 译
香港中文大学出版社编辑部
生活·读书·新知三联书店编辑部 校订
邓小平时代

《邓小平时代》

得了他的好感，他便直言欣赏我们的出版策略，并当场起身宣布与三联合作，和我握手，于是一切都尘埃落定。甘琦曾经告诉我，其实很多出版社都下了功夫，抱着志在必得的心情来竞争。30家出版社的策划报告可谓各有千秋，各出奇谋，篇篇都精彩。如果把这些报告集中在一起，简直可以编成一本编辑学的教科书。但是在其中，她表示，三联的表现是最好的，显示了三联的实力和专业精神，所以最后三联拿到版权是顺理成章的。

此书的编辑定稿分两步走，第一步，是叶彤和舒炜两位责编到香港，和中文大学出版社的编辑们一起工作，解决翻译中的技术问题，将繁体字版定稿。然后，两位编辑回到北京，再和我一起着手解决简体字版需要处理的政治敏感问题。关于如何删节的原则，我在编辑工作开始之前，写过6封长信给傅高义，提出的建议和意见均取得了他的认可。然后我和叶彤一起研读过两遍书稿，直接动手进行了几百处技术处理，并将每一处征求作者同意。为此叶彤做得很辛苦，和傅高义通信达上百封。最后履行送审程序，我们又根据有关审稿部门指定的专家的意见，一条条与作者协商。这种协商有时是相当困难的，比如要说服作者删去某个无法确认的史料，必须拿出相反的证据，因为作者是极为严谨的学者，他只认证据。为了取得有说服力的证据，审稿专家甚至曾经专门去查对20世纪70年代中央政治局会议的原始记录。这样便将审稿过程拖得很长。这中间曾有几次我们怀着忐忑的心情等待作者回复，担心他会因为不同意我们的意见或专家意见而放弃出书。因为我们与他的合同上明确约定，作者有权根据修改的实际情况决定最终是否出版。如果真出现作者放弃出版的情况，那我们所做的一切就前功尽弃了。另一方面，我们也确实担心由于作者抵制删改意见，最终上级管理部门不批准我们出版这本书，那样我们也是白忙。所以自从接手这个项目，我们一直悬着一颗心。和作者签订出版合同，简直就是孤注一掷。我们是把宝押在傅高义这位善良长者的人品上，相信他看到了我们艰辛的努力和付出，便不会让我们的心血付诸东流。果然，尽管有许多不同意见需要交流和讨论，我们与作者的合作始终友好而愉快，最终达成了双方都能接受的结果，算是功德圆满。经过了整整一年的编辑制作，这本巨作在2013年1月隆重出版，此时正值邓小平视察南方谈话21周年，我们借此机会大大地进行了宣传。

三联韬奋书店24小时书店海报

《邓小平时代》一书篇幅达 60 多万字，平装定价 88 元，精装定价 128 元，首印 50 万册。我说它的营销压力大，因为它不是一般的流行读物，甚至不能算是人物传记，而是一本严肃的学术著作。因为题材的社会关注度高，书的可读性强，我们认定这本书会比较畅销，但是在出版之前，谁也不敢说它能够销售 50 万册，毕竟市场上少有同类书畅销的先例。风险是现实的，大家都早已认识到，但是当初不按首印 50 万册报价，三联也得不到版权，为此只能横下一条心。三联从没有接受过这样的重磅畅销书，这一次店领导班子决心尝试采用畅销书特有的出版运作模式，“举全店之力”共襄盛举。店里成立领导小组，由总经理樊希安和作为总编辑的我共同担任组长，所有领导班子成员和所有相关业务部门的负责人都担任组员，便于及时协调联络。我们在出书前对各大书店举办吹风会，制定多项优惠和奖励政策，使 50 万本新书立即被订购一空。随即我们又加印了 30 万册，连同精装书 8 万册，总印数达到 88 万。为了帮助书店销售，我们又安排两轮促销活动，樊希安亲自拜访中央电视台、新华社、人民日报社、光明日报社等主流媒体洽谈宣传推广事宜，推广部和发行部则安排傅高义在北京、上海、广州、深圳、海口等10个城市巡回演讲，签名售书。傅高义巡讲，两轮共计40多天，不仅责任编辑全程跟随，而且我和樊希安也轮流陪同。我本人还多次接受各种媒体的采访，给此书大做宣传。三联发行部还在书店里策划了多种形式的活动，比如举办《邓小平时代》在书店的摆放创意评比，请傅高义给获奖书店颁发奖金。结果此书销售一路十分顺利，整整一年时间，88万册图书销售一空，且没有坏账。

《邓小平时代》的成功，是集体智慧的成果。据统计，参加这个项目中的三联同事（包括对此书的编辑、出版、设计、制作、发行、宣传、市场推广做出过贡献者），总共达到63人。这个项目出现在三联，它向社会证明了两点：

第一，三联有能力按照现代出版方式运作畅销书；

第二，三联仍然保持自己的现实关怀和人文关怀，仍然在通过自己的出版物探索中国的改革发展道路。

所以，紧接着便有同类的选题纷至沓来，短时间内，我们收到好几本研究中国改革问题的书稿。吴敬琏先生也将他的《重启改革议程》《直面大转型时代》交给三联出版。有些学者因此而对三联改变印象。例如王蒙先生不久前写过时政类的著作《中国天机》，我曾经问他，“这本书为什么没有给三联出版？”他反问我：“你们三联出版这类书吗？”但是在《邓小平时代》出版之后，他打电话给我，主动推荐于幼军的时政类著作《求索民主政治》给三联，说这本书可以和《邓小平时代》配套。就连星云大师要出版自己的回忆录《百年佛缘》，也让助手联系三联。因为台湾版的《邓小平时代》请他作序，他由此关注到三联，愿意与之合作。所以说，《邓小平时代》的出版不仅创造了社会效益和经济效益，它为三联带来的品牌影响力也不可低估。

“三联经典文库”第一批　100 种

星云大师的《百年佛缘》

七

产品线的拓展和体制的调整

除了打造畅销书以外，这一时期，我们也注意拓展出版产品线，开发新的图书板块。小型的系列图书的实验很多，不必一一叙说，需要提及的是有关通识教育的系列作品。对三联来说，通识教育出版一直是一个重要课题，早在董秀玉担任总经理时就曾谋划研究，寻找适合的选题资源。随着近年来我国高等院校对于通识教育问题进一步重视,致力于这方面工作的学者也越来越多,组织出版相关图书的条件日益成熟。我们注意到，国内已有一些出版机构在进行这方面的尝试，例如北大出版社出了“人文社会科学是什么”丛书，意在向理科学生普及人文社会科学知识，实施所谓“博雅教育”。三联自然不能重复他人所为，而一定要选择一个新的角度，或者说找到一个新的突破口。

此时我们想到了甘阳先生。甘阳是三联的老朋友，从 20 世纪 80 年代开始就与三联密切合作，帮助三联策划了许多介绍西方学术思想的重要丛书，如“现代西方学术文库”“新知文库”等，21世纪开始后又策划过“西学源流”丛书、“‘文化：中国与世界’新论”丛书等，对中国学术文化界的思想启蒙发挥了重要作用。我曾经多次说过，甘阳对于三联的贡献，相当于在三联工作几十年的老编辑。可正巧在这时，三联《读书》杂志副主编李学军告诉我，自2007年以来，甘阳一直在主持“全国通识教育核心课程讲习班”，讲习班的课程内容很适合在三联出书。因为这套所谓“核心课程”的特点，在于从东西方文明的原典入手，请名家对经典著作进行解读，重在培养学生的独立思考能力。每一讲只涉及一部经典，包括甘阳本人和刘小枫、李学勤、陈来、汪晖、王铭铭等名家都曾出场。名家讲解名著，十分难得。李学军说，关于这些讲稿，她和三联的一位青年编辑一直在关注，她建议我和甘阳谈谈，不要让这么好的书稿选题流失了。为此我找过甘阳两次，与他商讨出版事宜。因为他对三联一往情深，所以我们一拍即合，立即定下全套30本“经典通识讲稿”丛书的出版意向。到我退休之时，这套书已经出版两辑，一共10种。

不过这套书的销售并不理想。按理说课程讲稿能够作为高校教材，自然会有学生读者，但可能是甘阳的通识教育理念和课程设置在高校没有得到广泛推广，它们进入校园的并不多。倒是我前面讲到的香港城市大学校长张信刚先生组织编写的大学通识教材《中国文化导读》在中国高校里颇受欢迎，三联出版以后，这本书连连再版，10年中细水长流，长销不衰，迄今累计销售已有十几万册。这本文化史著作时间纵贯几千年，内容包罗万象，厚厚一大本，定价76元，对学生来说实在不便宜。所以有一位朋友曾为我出主意，建议我把这本大书化整为零另行重新出版，以便读者根据自己的实际需求选择某个专题的图书，既能集中阅读，还能节省费用。我觉得他的建议有道理，便将本书分为6个专题，将书中文章按专题重编，改造成6本小册子。我把编辑好的目录发往香港，征求作为版权方的香港城市大学出版社的意见，他们回复说，如此编辑甚好，他们也早有这个念头。于是双方起草了合同，准备在原有的一卷本之外就新编的6卷本另行补充签约。然而这个策划最终功亏一篑，原因是策划完成我就退休了，对方寄来的合同，最终无人签字。这令我十分遗憾。

伴随着主动策划板块选题和打造畅销书，三联经营管理的体制、机制的改革和调整也在进行。这主要是在2009年以后展开的。新上任的总经理樊希安是一个进取心很强的领导者。他懂经营，有魄力，干实事，出版理念与我相同。一年以后我被任命为总编辑，我们互相支持，配合很默契。我们从机构改革入手，先是扩大编辑部门的自主权，将几个编辑室按照出版定位，改造成学术、文化、大众和综合出版中心，几年后又进一步落实编辑部门独立核算制度，将出版中心改造成出版分社。此外增设了几个新的编辑部门，诸如专题项目部、对外合作部、上海分公司和三联国际（传播）有限公司等机构，扩大编辑队伍，延揽出版人才。要知道，三联过去一向以“小而特”著称，虽然名声在外，实际规模很小，图书编辑部在2005年我刚来时只有20人。而经过这一轮发展，到2013年，图书编辑部已有50人左右。有这样的人力配备，便有条件承担一些较大的出版项目（例如计划出版包含几百种图书的“三联经典文库”），也有余力在保证学术文化图书出版的数量和质量的同时，发展大众读物。在发行方面，三联的实力一直不强，因为书种较少，畅销书更少，往往不被书店重视，处在边缘化的位置。此时樊希安亲自出马，与各省市的15家新华书店一家家签约，建立战略合作伙伴关系，确保三联的图书销售渠道畅通无阻。由此，三联的图书出版环境得到改善，绩效考核制度和部门目标责任制得到落实，员工的积极性被调动起来，使得图书出版业绩获得大幅提升。几年以后，到 2013 年，不但出书总量和销售收入都增长了 1.5 倍，而且出版利润更是大幅上涨，以年增幅 50% 的水平连续增长 5 年，使 2013 年的创利达到 2008 年的 8 倍之多。

然而在我看来，这些改革措施带来的更重要的成果，是人的观念转变。曾几何时，因为一些同事闻大众出版而色变，三联编辑部曾经极力回避“大众”的概念。但此时，“大众文化出版中心”（即后来的“大众文化出版分社”）已然可以大大方方地登堂入室，正襟危坐。不过，发展大众读物，仍然有一个如何选择的问题。最初负责这个部门业务的，是曾经在 2002 年成功将台湾作者几米的绘本作品推向市场并打造成畅销书的编辑，她对绘本市场很有兴趣，更有信心，希望在这个领域继续尝试。我给予了支持。然而她做得也不顺利，毕竟做的不再是几米的作品。她的团队先是做成人绘本，继而做儿童绘本，试过原创绘本，又试引进绘本，但是销售都不理想，只有少数几种卖到 1 万册以上。她的团队不灰心，想继续坚持，我便继续支持。因为这种做法符合三联一贯的出版理念，就是不打游击战，只打阵地战。永远不能东一榔头西一棒子地出书，而必须做产品线，做板块。为了证实这个观点的正确性，我还曾特意向做绘本出版很成功的新经典总经理陈明俊请教。陈告诉我，绘本是不可能每一本都赢利的，能赢利的畅销绘本占比大约为 10%，有了这 10% 的带动，绘本板块的整体业绩就可以接受。但是，畅销绘本的出现，必须有足够的出版量做基础。于是按照这套理论，三联继续试验，绘本板块持续运作了 3 年之久，总共出书达 60 多个品种，但畅销书一直没有在其中出现，最后因为库存激增，不得不停下来。大众出版业务只能去尝试其他选题板块。于今反思，绘本出版的试验不成功，可能有多种原因，诸如选题定位不准，图书卖点不够，作品思想性、艺术性不足，市场推广不力等等，但是以打造板块的方式运作，这本身没有问题。同时，应当看到，大众板块批量推出绘本的做法，不仅在三联内部，而且对三联的读者群体形成了观念上的冲击。大家忽然发现，原来三联也是可以放低身段，面向普通大众读者的（虽然，它所面对的大众仍然主要是知识大众）。按理说谁都明白，三联一向强调的“竭诚为读者服务”，这“读者”当然要包括最广大的普通读者，自邹韬奋先生创办生活书店以来，这就是三联的一个重要传统，只是我们自己并没有充分认识到而已。

八

生活书店的重生

不过到了这时，我们的心头也有纠结。毕竟从1986年三联恢复独立建制以来，作为中国知识分子的精神家园，它以追求“一流”和“新锐”，形成了自己出书的品位和风格。三联讲求出版品质，出什么，不出什么，有所为，有所不为，历来有章法可循。虽然是要按板块来发展大众读物，不打乱仗，但这终究是在三联原有出版路向、出版范围方面做加法，容易在整体上显得选题驳杂，使三联原本清晰的出版思路变得模糊，进而可能会使学术文化界读者对三联的品牌认知产生不利影响。我们觉得，三联确实是需要有一个作为副牌的出版机构，使图书选题按照类型和层次向两个出版品牌分流（像人文社有“外国文学出版社”和“天天出版社”这两个附属出版机构一样）。这个想法其实三联以前的领导也有过，2000年前后，前总经理董秀玉就曾经向新闻出版总署提出申请，但是未获同意。2012年，我们借举办三联书店 80 周年店庆活动之机，再一次向主管部门递上申请恢复生活书店的报告，并得到了生活书店创始人邹韬奋之子邹家华同志的支持。2013 年 4 月 30 日，国家新闻出版广电总局批准我们在三联建制下恢复生活书店，作为一家独立核算的出版企业。

这对于三联是一件大喜事，我们高兴极了。经过三联领导班子研究，在生活书店，樊希安兼任第一任总经理，我则兼任第一任总编辑。我和樊希安是把生活书店的出版业务作为三联出版产品线的延伸来看待的。作为一个更加大众化的品牌，生活书店可以进入一些三联过去很少涉足的领域（比如文学），也可以名正言顺地出版面向大众的知识和文化普及读物，就像当年邹韬奋先生所做的一样。当然，韬奋时代的生活书店也有着自己的学术文化出版传统，所以它的选题定位与三联是同中有异，有并行有交叉。为了强调今天的生活书店与历史传统的承接关系，我把这个新出版社的前 5 个书号（从 0000 到 0004）分别留给了《生活书店简史》《韬奋画传》和三卷本的《鲁迅作品精华》。为了给这个新品牌开好头，我们积极向文化界名家约稿。真是得道多助，一听说我们恢复创办生活书店的消息，很多老一代作家和学者立即表示支持。2013 年 7 月 1 日，我们在人民大会堂举办恢复生活书店座谈会，王蒙和吴敬琏先生都到场表示祝贺，王蒙在发言中还深情地回忆了他少年时代是如何读着生活书店的图书走上革命道路的。散会后在电梯里，我向两位老先生约稿，两人都二话不说，一口答应。其他作家也大抵如此，所以后来生活书店的第一批图书里，包括王蒙的《与庄共舞》、吴敬琏的《直面大转型时代》、马识途的《百岁拾忆》、曾彦修的《平生六记》、冯骥才的《西欧思想游记》、从维熙的《我的黑白人生》、陈丹晨的《走近巴金四十年》、张曼菱的《北大回忆》、谢飞编辑的《谢觉哉家书》、杨义选评的《鲁迅作品精华》（三卷）等学者和作家的新著，真个是名家云集，阵容强大。

当然，这些作家关照我们，乃是基于对历史上的生活书店的感情。拿百岁作家马识途来说，他年轻时经常出入生活书店，和书店里的一些中共地下党员曾是同生共死的战友，他到三联来，就一定要到生活书店坐坐，说是“故地重游”“回自己的老家”，进门时看到邹韬奋铜像，就一定要和邹韬奋合影；又如老出版家曾彦修先生，我去看望他时，告诉他生活书店重新开张的消息，他连说应该应该，这个书店对新中国贡献很大，不能关门。因为“没有生活书店，就没有一二·九运动；没有生活书店，就没有‘三八式干部’的说法”。大家都把重建生活书店当成一件大事，甚至连竞争对手都因此而向我们礼让三分。例如我给冯骥才打电话催稿子，冯告诉我，他曾经答应交我出版的书稿《西欧思想游记》刚刚被人文社的副总编应红抢走。我马上打电话给应红，请她支持一下。她问我是何理由，我说我要为生活书店组织第一批图书。她听了说如果是其他理由，肯定没商量，但现在这个理由，她能理解，表示愿意放弃书稿，让我们来出这部书。所有的人都如此看重生活书店这个品牌，这真让我们感到肩上责任重大。

紧接着，樊希安和我商定了生活书店的战略定位、出版思路、近期和远期目标，我们装修了办公室，招聘了书店的第一批员工，要求立即开始运作，迅速出书见规模。在经营上，第一年就要盈亏持平，第二年就要盈利。为此，我亲自策划一些重点选题，该店第一批图书有 50 多种，其中 80% 以上是我直接组稿。在那一年里，我的工作跨越三联和生活两边，但我为生活书店所花费的心思，比起为三联花费的还多。

后来我和樊希安见面，谈到2009年以来的往事，感慨良多。这些年来，我们在三联的确是做了一些出版思路的调整，其中有些可能并不被人理解。但需要说明的是，这一切只不过是为了跟上时代的步伐，避免三联落伍。而在我们看来，三联原本一直是一家与时俱进的出版机构，从邹韬奋时代，到范用、沈昌文、董秀玉时代，每个时代的掌门人都为了适应时代的需要，对三联的出版思路和定位进行过微调，对三联的产品线加以拓展。结果是三联稳步发展，影响力与日俱增。到了我们主持三联出版业务的时代，我们不可能墨守成规，无所事事，因为时代在变，出版环境在变，竞争对手在变，读者的需求也在变。市场化的时代，在转企改制的形势之下，更加需要追求邹韬奋所讲的“出版的事业性与商业性的一致性”。谁都知道，顺势而为，是生存和发展的不二法门。我们期望把三联做强做大，业绩怎么样，大家应该都能看到。

我想起2012年三联举办80周年店庆活动前夕，由我主持编辑一本有关三联80年历史的纪念画册。用什么做书名，曾经颇费踌躇。樊希安和我商量，我们最初共同想到的是《与时代同行》，准备用这个书名强调三联必须与时俱进，从而为三联今天的同事们鼓劲儿。后来是我灵机一动想到了“激流勇进”四个字，樊希安认为这个书名更好，反映出了三联人的主动进取精神。的确，今天的三联，是非常需要这种精神的。

2014年7月11日，我从三联书店总编辑岗位上退休。回想自己30多年的编辑道路，总是不免感叹自己的幸运：一是赶上了一个最好的出版时代，二是遇到了三个最好的出版平台（人文社、香港三联、北京三联），三是一直在不受干扰地从事自己喜欢做的工作——编辑，四是撞上了别人难以碰到的机会（例如被派赴香港工作锻炼，又如上级批准恢复生活书店等）。因此，我对自己的编辑人生是比较满意的。当上级宣布我退休的时候，我没有什么遗憾，也并不感到失落。我的心情仍然是“也无风雨也无晴”。因为我觉得，在这个时代，在我所处的具体环境中，该由我做的事情，我都尽力做了，我的工作已经取得了力所能及的成果。当然，这与我把编辑作为人生理想而一贯坚持也有关系。不过在此时，我更需要感谢这个时代，感谢我工作过的几家出版机构，因为我获得的一切机会均由此而来。我也需要感谢自己多年来的领导和同事，因为有了他们的支持才成全了我的

三联书店创建80周年纪念画册封面

人生。我还要感谢我的家人，因为只有他们给予包容和理解，才能使我义无反顾地坚持了自己的人生选择。

后记

我没有想到自己会在今天写这样一本书。

近几年，我陆陆续续写了一些随笔，讲述30多年“做书”背后的故事。有时，我会把新写的文章寄给一些师友恭请指教，其中包括我特别尊敬的老作家邵燕祥先生。一次我到燕祥先生府上拜访，他对我说：“读你的文章，知道你经历的事情不少。你应该系统地记录下来。”我笑说：“写回忆录吗？我还没到年龄呀。”但燕祥先生却说：“你可要抓紧呀。如果等你‘到了年龄’，很多事就记不清楚啦。

这事我是有教训的。”他的话使我有了动笔写回忆的念头。

确实，我退休以后，心态倾向于怀旧，主观上也有写作这类文章的动力。记得有一次，我为了重新编辑一本冯骥才先生十几年前曾经出版的旧作，向大冯索取样书，他在电话中嗔怪我说：“这书是你自己编的，怎么会连样书都不留？”他说：“我告诉你，你做了一辈子编辑，等到退休之后，最大的满足就是欣赏自己编的书！你编过的书可要好好地收藏起来呀！”这些话，我当时听了，并没有很深的感受，但是今天，自己的确是像大冯说的，经常在“翻书忆往”，对着家中的几组大书柜发呆。我知道，这些书，记录了我最重要的几十年人生经历，不仅渗透着我的酸甜苦辣种种体验，同时也凝聚着我对历史、现实和人生的思考。它们就是我人生价值的体现。我属于曾经受过《钢铁是怎样炼成的》影响的那一代人，对于奥斯特洛夫斯基那段“人生不可虚度”的名言记忆尤深，常以此自我鞭策。而今，在我编辑生涯告一段落的时候，我的确需要给自己走过的道路理一条线索，做一次盘点，主要目的是进行一次至少是阶段性的总结，也算是对自己的一次考试。当然，面对我曾经手（即以各种方式参与编辑出版过程）的两三千本图书，因其总体上已被社会、文化界和广大读者证明是有价值的好书，对于繁荣文化、传播知识、促进社会思想启蒙发挥了一点作用，我的自我考试是及格的。我感到自豪和满足。尽管我一生没当什么官，没发什么财，没成什么名，我也仍然觉得，这辈子过得很值。特别是作为一个读书人，我一生和自己喜爱的图书做伴，从中不仅汲取了太多的营养，而且获得了太多的乐趣。人们说，所谓幸福，就是快乐地生活。我无疑是一个幸福的人。

初稿写成以后，我把它寄给几位好友征求意见。作家张曼菱直言不讳地说："你写了不少作者和他们的书，为什么不多写写你的同事？"这一句话使我警醒。我感觉稿子似有疏漏。世人皆知，编辑总是需要与人合作的。好书通常不是一个编辑单打独斗的成果，一个好汉也需要三个人帮。我曾见到有老编辑写回忆文章提及自己编了某某有影响的作品，因为没有或较少谈到他人在其中的贡献而招致同事的非议，以至于引起朋友反目。我极不希望这样的事情发生在我身上，因为我一直对于几十年来在各种情况下支持我的同事怀有感激之情。于是我立即将书稿重新梳理一遍，在一些有必要提及同事的成绩的时候，加入他们的名字。但是，由于这毕竟是个人回忆，受到叙述角度和文体的限制，我言及同事对于某书某事的贡献，仍不可能详尽叙说，有时只是寥寥数语，甚至一笔带过。我希望这些同事可以从他们的角度，对我的回忆做出补充，这样便可以对一些重要的场景进行立体还原。

这篇文章的篇幅其实很短小，原因是我并没有把它当作一本书来写。我原本是要给自己留下一个粗线条的、简要的记录，或者说是写一个提纲，以便将来真正要写回忆录或者自传时，能够有一个依据和线索。之所以如此考虑，是因为写作的时机的确还不成熟。有些事情，目前还不适合写；另一些事情，只能略写不可详述。我想起有的老学者将自己的回忆录分为上部和下部，上部出版后大受好评，在万众期待中，下部却千呼万唤出不来。老学者自己解释，是因为下部书稿中涉及了太多的人事矛盾，出版的时机未到。原先我对此并不十分理解，现在我自己写了同类文章，便知道，由于学术文化界人际关系复杂，有太多的问题会使你欲言又止。我本人在这方面，其实没有太多的顾忌，但是客观地说，我承认个人对问题的观察和记录常常会带有一定局限性，而我的作品以记录事实为目的，不该以一己之见示人。所以，涉及一些名流学者，有些不得不讲的故事，我会尽力将文字收敛，只讲事实，不做评论，以保持客观。

因为这篇文章只是相当于一篇长长的随笔，所以我最初是准备将它编入我的一个随笔集出版。征求朋友的意见时，没想到深圳报业集团出版社编辑汪小玲忽发异想，要为它单独出版一本书，而这个想法居然又得到了她的领导胡洪侠和朵渔的支持。我早知他们是一个极有想象力、极富创意、做事极其认真的编辑团队，特别善于进行出其不意的出版策划，去年他们曾编辑了一套名为“共同体别传”的系列小书，也曾颇为意外地将我的随笔《李敖登陆记》作为独立选题收入其中，并且设计和制作得相当精美。这次他们邀我“二进宫”，我自然乐于从命，同时要谢谢他们的深情厚谊。

书稿完成后，需要一个序言。我想到了刘再复兄。再复兄与我交往 30 多年，我们相知很深。但是他很忙，要读的要写的著作太多。我有些不忍打扰，犹豫再三后，才把稿子发过去。附言请他写序，嘱他“书稿不必细读，序言不必写长，美言不必多说”。然而他几天后便回复了一篇激情洋溢的序言，说了不少令我愧不敢当的好话，使我感动不已。然而我更想说的是，读者应能从这篇序言里见出再复兄的为人和品格。在我结识的作家学者中，再复兄是一位永远怀抱博大的仁爱之心的长者。他热情、淳朴、善良，总是待人以诚，真诚交友，内心常存感恩之念。所以他对我的那些美言也可以看成是他对所有忠于职守的编辑的赞赏和鼓励。他喜欢和编辑交朋友，对于每一位曾经给予他一点微小支持的编辑，他都会心存感激。他迄今出版了各种版本的著作 120 多种，仍然可以清楚地记起每本书的责任编辑的姓名，从这里就可以看出他的真诚（见本书序言）。我想起 1985 年我刚刚认识再复兄时，曾患一场大病，持续高烧一个月不退，在家休息，无法上班。一天晚上，忽然接到再复兄电话，他慰问我之后，告诉我他弟弟在香港工作，如果我需要内地买不到的外国药品，可以让他弟弟买了寄给我。我当时就流下热泪，说感谢的话都泣不成声。要知道，那时他已经是大名鼎鼎的中国社科院文学研究所所长，而我只是一个初出茅庐的小编辑！再复兄就是这样一位令人敬重的长者，有他为我作序，我感到深深的荣幸。

最后，我还想说，希望读者喜欢这本小书。

2017 年 4 月 27 日

附
录

傅高义先生会见记

（2012.1.17—2012.1.19）

作者按：本文是我2012年为洽谈《邓小平时代》的版权赴香港与傅高义先生见面的全程记录，原文为当时每天记下的日记，现不加修饰发表，仅隐去个别人名和单位名称，以 ×× 表示。

1月17日　晴

一早和叶彤一起飞香港，住沙田凯悦酒店，1700元一天，号称行政楼层，很贵，但是由接待方安排，别无选择。有早餐和傍晚鸡尾酒免费服务，很方便。那所谓的鸡尾酒茶点，相当于简单的自助餐，居然可以吃饱而不必另外出去找食。

在飞机上就开始准备明日与傅高义先生面谈的提纲，到酒店后仍马不停蹄。分三个部分，一谈三联优势，二谈如何将书做好，三谈销售目标。又是两三千字。这是叶彤和我两人准备的第三份文字材料了，前两份都上万字。到达后一直未见到本书版权代理人、香港中文大学出版社社长甘琦（北岛夫人）。她太忙，连改几次时间，都说实在来不了，最后改到晚10点半。路上叶彤告知，对此书版权的多家竞争，第一轮中文大学出版社曾有过内部投票，结果是上海世纪集团胜出，听了有些心慌。但晚上舒炜来短信，说是他通过朋友了解到，傅高义先生对三联此前的分析和评估材料看好，又觉信心大增。

晚7点和叶彤去杨振宁先生家，地点在香港大围一带。房子算是香港的豪宅，但估计面积只一百多平方米，装修陈设普通得很，与一般家庭并无二致。杨很高兴，聊天40

分钟，对三联的《杨振宁传》精装本极满意，他用手摸着封面，很兴奋地告诉翁帆，你看这封面是布做的。我和他约稿，想在他九十大寿时出一本画传，他也正有此想法。他说要做两百页，一页照片一页文字，文字部分他要和翁帆互动一下，各人都写一些相关感想做对照。我说这样非常好，可以做成畅销书。

接着杨先生讲到周光召最近得了脑出血，说据西方人研究，中国人脑血管病发病率较西方人高，而西方人心血管病发病率较中国人高。这可能和不同人种（血管的粗细、构成）有关，也可能和饮食习惯有关。所以中国人不能按西方人医嘱每日吃阿司匹林 150 毫克（只能减半），否则心脏保住了，容易得脑出血。就以前我们谈过的话题，他也讲到出版社为了争夺教材的出版发行权有行贿受贿现象，这是世界的通病，非中国专有。他的朋友美国物理学家费曼曾因介绍教材给出版社而卷入这方面的案件。他讲这些，其实还是一以贯之地为中国辩护。他还谈到国家有钱了，支持重点科技项目，清华有人拿到一个亿，不知怎么用才好。钱不用掉，以后就无法申请了，所以要突击花钱。国家在这方面管理有问题。

甘琦 11 点才到，在酒店露天咖啡厅和我们小坐。问及此番竞争三联有多少胜算，她守口如瓶，一再表示傅高义明天要亲自谈，让她不要讲话，她如释重负，因为不需要她参与做决定了，不必得罪朋友了。她只说傅认为我们先前写的《对〈邓小平传〉送审问题的预测和评估》（当时我们称《邓小平时代》为《邓小平传》，作者今注）回答了他的问题，但世纪集团的材料写得也很好。两家报送的第二批论证材料（×× 社、×××× 社及 ×××× 社因得知竞争对手是三联和上海世纪集团，都半途退出，未写）一共 55 页 A4 纸，三联的很短（我只写了 7 页，连叶彤加上的附录不过 10 页），而上海世纪又写了厚厚一沓纸（上次写此书的策划报告，他们就比我们写得详细，达两万字，而我们只是叶彤写了一万字）。傅先生今晚还要再看一遍，很快会决定出不出，谁来出。甘琦的话还是让人不托底。我问这次都有谁来，她说只有我们和上海世纪集团，但 ××× 代表的 ××× 社此前已和傅高义见过面。他在等待傅对我们两家都不满意时卷土重来。我问时间怎么安排，甘琦说傅高义明天下午 4 至 6 点在中文大学讲演，6 点半至 8 点和上海世纪集团的人一起吃晚饭，边吃边谈；8 点至 9 点半，傅准备和我们一起喝咖啡。我有些担心这样的安排会不会对上海方面有利，但因为“最后谈”是我老早对甘琦提的要求，她是按我要求安排的，我也不便说什么。我问甘琦，会谈时应注意什么，她不答，只说傅高义要解决的是两个问题，一是出不出内地版，二是由谁来出。所以别光讲三联有什么优势，更重要的是鼓励他，坚定他在内地出版的信心。最后甘琦笑说，傅高义这次来港把见你们当作一件大事。他收到董建华请吃饭的帖子，都二话没说就回掉了，只是为了见你们！我发现甘琦可真是伶牙俐齿，太会说话了。

又聊些别的，她谈到杨振宁是她家的贵人：大约 10 年前在美国，杨曾主动找到北岛的家，在门上贴条说：我喜欢你的诗，咱们可否认识一下？从此他们成为朋友。北岛当时无法回国，杨曾为他奔走。2002 年北岛父亲病重，北岛欲回京探望，未获准，杨亲自写信给 ××× 等中央有关领导求情，仍未能如愿，杨即亲自前往北京 304 医院探望与他同岁的北岛父亲，引起医院震动。北岛第一次回国探亲与此有关。因为杨振宁去看望北岛病中的父亲，这事情太大了。中央有人表了态，让北岛探亲。她说得很动情，让人了解了杨的真性情，对杨肃然起敬。甘琦边聊边抽一种很细很长的外国香烟，把烟灰弹在空酒杯中，临走时，酒杯已经半满了。

我和甘琦

精装本《杨振宁传》。这本书也是我们带给傅高义先生的礼品，对他承诺，《邓小平时代》将来出版精装本，装帧设计水平应不低于这本书

1月18日　　晴

上午早餐后即去九龙山林道蓝真家，带去极品乌龙一盒。蓝真先生是三联老前辈，我的老领导。他和夫人李大姐身体都好，我们闲谈一个多小时。出来后买些零碎东西，然后回宾馆静候与傅高义先生会谈。

叶彤去听傅先生的英文讲演了，根本进不了门，因为没有预订。会场座无虚席，叶彤只能坐在一间教室里看电视实况转播。

我坐下来真感觉有压力，几乎有些紧张。接受面试，这种感觉我已是多年没有了。为此，已连续两晚只睡三个小时，硬是失眠。

晚上8点和叶彤到傅先生住的920房间面谈，他刚刚和上海世纪集团的编辑室主任毕胜——一个34岁的年轻人谈完。据说那年轻人很棒，傅对他竖大拇指，认为他将来大有前途。他送给傅的论证材料被认为很好，当然傅也说我们的材料更好。

与傅高义先生的谈话比我们想的轻松。此人看起来是个蛮有趣的人，80岁了，精神头儿和年轻人无异，爱笑，更爱和人逗着玩。谈话开始时甘琦默坐一边，拿个本子做记录，像个书记员，这是他们之间昨天的约定，但傅高义不时嘻嘻哈哈地与她讲几句，她也便不能不讲话，于是便成了大家一起聊，就像老朋友聊天。

傅先生谈笑风生，其实他心里早已属意三联，大致是两个理由：一是三联的品牌优势，他说今天午饭时在中文大学和一教授谈天，问及内地哪家出版社最好，对方答曰："三联。"（不知这教授是谁，他可真是帮忙。）二是由我执笔写的第二轮材料包括内容分析报告（出版方案有上、中、下三策可选——这个建议最初是舒炜提出的，作者今注）和送审策略（分三步，先解决译文不妥当而惹麻烦的问题，再非正式征询一些党史专家的意见，最后按规定送审）令他满意，认为很好地回答了他想了解的问题。谈话之后，他笑称欣赏我们的"权术"（准确地说是策略，就是那上、中、下三策和送审的三个步骤），称自己想不出这些点子，对中国的这套管理模式不熟。但他明说自己会给审稿专家们施加压力，因为如果他的态度强硬，审稿的尺度就会放宽。他预测那些审稿专家也会掂量，如果这样一本高度评价邓小平的西方学者著作，因他们删改过多致使作者拒绝出内地版，所造成的负面影响也不能低估。到那时海外的舆论也会对他们构成压力。说到这里，他又显得非常自信。

因为是聊天式谈话，这两天苦心准备的面谈提纲几乎没有用上，我端着 iPad，却几乎不能看里面的内容。甘琦昨天建议我，要帮他下决心出内地版，他今天一上来也讲自己还没有决定出不出内地简体字版。我首先强调了这本书对中国读者的特殊价值，谁知他也正想说我准备说的话：关于邓小平，他的书是独一无二的。我说伊文思的《邓小平传》与他的不可比（特别是在这几个方面：以改革家为中心的角度、第一手材料收集、独立研究评价的学术传记），他完全赞同，并说伊文思自己也这么说。我又讲做出版的人心目中有个理想，就是要用书参与推动历史进步，这本书符合我们的理想，何况又在邓小平视察南方谈话 20 周年及中共十八大前夕，中共理论家需要总结和进一步阐发邓小平理论之时，此书的出版对未来中国的改革发展有重要影响。傅听了很高兴。因此我强调此书不出内地版太可惜了。我说："要让这本书参与历史，只有在中国出版，而仅仅在海外出版是做不到的。" 傅表示同意，并说果真能有这样的效果，正是他所期望的。

谈话持续了 2 小时 10 分钟，原来他与甘琦约定，要在会谈后两人商议此书在内地出版事宜，等他离开香港上飞机时再宣布与哪家出版社合作。谁知因为谈得投缘，傅先生竟中途当场拍板交三联出版，起身与我握手。于是甘琦便摇身一变成为经纪人，和我们谈合作条件。最后首印数定为按照上策出版（即不删章节）50万，按照中策出版（即删去“天安门”三章）40万，下策（删掉更多章节）暂不考虑，甘琦坚持说取下策不如不出，但傅的想法其实更开明，甚至说可以将内容截止到1984年，删掉后面的敏感部分。我们商定版税为12%（傅当场表示他会把版税捐掉），翻译费三联分摊三分之一，即6万元，中大社承担其余部分。我算了一下，三联的6万元只占码洋千分之一左右，无足轻重。一本大书的版权定案，牵涉码洋至少4000万元（后来实际码洋8000万元——作者今注），这在三联历史上从未有过，而这样复杂和困难的版权争夺战，可能也是中国现代出版史上绝无仅有的。三联终于胜了，可以长舒一口气。当晚即致电向樊希安报喜，向董秀玉老总表示谢意（董曾多次表示希望三联出版此书，给我们很多鼓励和支持）。

确定合作关系后，我和叶彤与傅高义先生合影

1月19日　　晴

早餐后和叶彤约甘琦来谈谈，在酒店一楼咖啡厅的门外。事情定了，下面是合作问题。她希望繁简体译文保持一致，为此希望三联的舒炜和叶彤以访问编者的身份在香港中文大学出版社住上两周，帮助他们审定译文。三联出路费，在香港的费用她负责。双方又排了一下出版时间表。港版5月出，内地版七八月份。

大家又谈到昨天傅高义选择三联的事。甘琦说傅先生让她对上海世纪集团的人讲三条：一，你们的领导没来（隐含的意思是上海世纪集团的领导由于管理部门对局级干部的出境手续的限制，来港都不能获准，想必将来在审稿尺度上也会掌握得更加严格）；二，三联的品牌更适合出版这本书；三，三联处理送审问题把握更大些。关于第二条，现已知道是香港中文大学教授陈方正说了三联好话，当然傅高义可能平常也对三联有所耳闻。第三条则主要指我和几位审稿专家是好友，他很看重这一点。但甘琦认为除了第二条，另外两条都不能对上海人说。甘琦批评傅先生太直接了，中国人不是这样讲话的，傅自叹不如，但他要甘琦代他称赞上海的小伙子毕胜，说自己佩服他。甘琦说那小伙子的确厉害，亲自到美国找到傅高义，索取了英文样书。回来自己译了五章，他同傅对话，一直用英语。他对书中政治问题的处理建议，对于他的年龄和阅历来说，也算是很棒了。关键是和三联我们这批老编比，他还嫩一些，但真是后生可畏。

甘琦说这本书引起了空前的竞争，内地表达意向的出版社有三十多家。×××出版社曾打着某领导的旗号加入，但最终偃旗息鼓，因为作者表示不希望安排在纯官方的出版机构，甘琦劝退了他们；有趣的是某大出版社发来一信，称“请寄一册样书供我们评估”，官僚机构的作风表露无遗，其实你如何评估与作者有何关系？另有出版社请求寄中文稿，说“我们的编辑都不懂英文”，居然认为不懂英文也可以编辑这样的书！这样的来函，自然都是不必回复的。但大多数出版社在第一时间都写出了编辑、营销的策划案和报价。第一个提出首印50万册的是×××，他代表×××社，早些时候见过一次傅高义。傅也很喜欢他，只是对他作为有民营背景的人物处理书中的政治问题的能力有疑虑，但他提出的50万首印数从此便成了傅高义在内地出版此书的底线。另一个参照是基辛格新近与中信签订的《基辛格看中国》，首印数也是50万，傅高义不能接受他的这本书比基辛格的书印得少，尽管他并不爱钱，也并不太需要钱。甘琦说到这里，我暗自庆幸把三联首印数提高到 50 万实在有必要。

当然甘琦也没忘记祝贺三联，要我们千万不要感谢她。她说：“这是三联应得的，三联这次的表现太棒了，我为你们骄傲。你们的方案和策略的确是最好的，让傅高义感到理由充足，可靠可信。”她还说，她把我写的那份“预测与评估”转给三联的前总经理董秀玉，董总也说写得很好。我告诉她，这是我利用元旦三天休假苦思冥想写出来的，但我们是一个团队，舒炜和叶彤在我的文章中都有独特贡献。我还说昨晚我打电话向董总报捷，告诉她这本书我们拿到了，她说太好了，对着电话哈哈笑起来。我听得出她是真诚地为三联、为我们高兴，这令我感动。

过了一会儿，甘琦约上海世纪集团的毕胜也一起来坐。这年轻人高个子，戴眼镜，很精明的样子，一上来就落落大方地祝贺我们，而我们也表达了对他的钦佩和欣赏。他正在为傅高义昨日在香港中文大学的英文讲演“邓小平与当代中国”做文字翻译，准备在《南方周末》发表。他强调说此行虽未得版权，但收获很大，学到了很多东西。甘琦说这次她也开眼界了，内地有这么多高水准的专业编辑。

或许将来有一天条件许可时，她会公布几十家出版社写出的一批策划报告，那才叫精彩纷呈。我说，在这种情况下我们成了最终胜利者，真让我们有成就感。

告别甘琦，陪叶彤到又一城购物。

晚6时，乘香港国泰航班飞回北京。

共同体别传

《李敖登陆记：出版背后的故事》

《为季羡林辩：几多风光几多愁》

《书生去：杂忆费孝通》

《我的串联生活》

《李敖登陆记：出版背后的故事》

李　昕
著

深圳报业集团出版社

2016 年 10 月
第 1 版

定价：48.00 元

内容简介

从 1989 年引进出版李敖著作《独白下的传统》开始，出版家李昕和李敖先生的合作、交往超过 25 年，甚至，李敖先生之子李戡的作品后来也由李昕所在的北京三联出版。李昕先生笔下的独家故事《李敖登陆记》，重新勾画出一个被“狂狷”“争议”等词所遮蔽的李敖，这个李敖侠骨柔肠，重感情，讲义气，而李昕与李敖合作出版过程中的曲曲折折，恩恩怨怨，亦折射出近 30 年来中国大陆出版业的发展轨迹。

《为季羡林辩：几多风光几多愁》

张曼菱
著

深圳报业集团出版社

2016 年 12 月
第 1 版

定价 ： 45.00 元

内容简介

1980 年代，张曼菱在北大求学期间，就常有机会聆听季羡林先生教诲，其后一直和季老保持联系，在季老笔下，张曼菱是“小友”，在张曼菱心中，季老是学问大家，甚至拥有“大师”光环，但他在晚年“被过分使用”，失去了个人空间，只能终日生活在内心巨大的孤寂中。该书记录了张曼菱和季老的多年交往，用“亲历亲见亲闻”为季老辩，拨开困扰季老晚年生活的纷纭乱象，还原最最真实的季老。

《书生去：杂忆费孝通》

张冠生
著

深圳报业集团出版社

2016 年 12 月
第 1 版

定价：45.00 元

内容简介

作者张冠生曾长期为著名社会学家、人类学家、民族学家、社会活动家费孝通先生当助手，在他眼中，费老不仅仅是著名学者、政治活动家，更是可亲温厚的长者。全书回忆了费老做学问及生活中的诸多小片段、小故事，这些此前极少披露的小故事，帮助读者走近更平实亲切、更见性情的费老。

《我的串联生活》

刘 齐

著/绘

深圳报业集团出版社

2017 年 7 月

第 1 版

定价：58.00 元

内容简介

本书汇集了著名作家刘齐先生撰写的回忆性文章若干篇，包括“我的串联生活”“我的足球生活”“我的宣传生活”“我的地震生活”等，以诙谐细腻的笔触回望 14 岁少年眼中的荒诞岁月，不仅记录了生活的苦涩与艰难，还记录了难得的欢乐片段，那些温暖人心的人性之光。刘齐的纪实文字在幽默中透着豁达和智慧，对那段特殊岁月也有着真诚的记录和冷静的反思。

策划 / 出版：胡洪侠

责任编辑：高照亮　汪小玲

书籍设计：XXL Studio

图书在版编目（CIP）数据

做书的日子：1982—2014 / 李昕著. -- 深圳：深圳报业集团出版社，2017.11

ISBN 978-7-80709-815-7

Ⅰ. ①做　Ⅱ. ①李　Ⅲ. ①回忆录－中国－当代Ⅳ. ① I251

中国版本图书馆 CIP 数据核字（2017）第 242961 号

做书的日子：1982—2014

李昕　著

深圳报业集团出版社出版发行

（518034　深圳市福田区商报路 2 号）

山东鸿君杰文化发展有限公司印制

新华书店经销

2017 年 11 月第 1 版

2017 年 11 月第 1 次印刷

开本：787 mm × 1092 mm　1/32

字数：140 千字

印张：9

ISBN 978-7-80709-815-7

定价：58.00 元